Martha Grimes

Wenn die Mausefalle schließt

Der Zug fährt ab

Martha Grimes

Wenn die Mausefalle schließt
Der Zug fährt ab

Zwei Romane in einem Band

NAUMANN & GÖBEL

Martha Grimes: Wenn die Mausefalle schließt/Der Zug fährt ab
Sonderausgabe der Naumann & Göbel Verlagsgesellschaft mbH
in der VEMAG Verlags- und Medien Aktiengesellschaft, Köln

Übersetzung: Angelika Felenda
Schutzumschlag: KGB – Kölner Grafik Büro
Gesamtherstellung: Naumann & Göbel Verlagsgesellschaft mbH
Printed in Germany

ISBN 3-625-20352-9

WENN DIE MAUSEFALLE SCHLIESST

1

Edith sah durch Mrs. Dawsons Teestube auf den jungen Mann, der allein dasaß und Zeitung las. Sie wandte den Blick ab, runzelte die Stirn und sah wieder hinüber. Das konnte er doch nicht sein, bestimmt nicht ... Dennoch ... wenn er die Brille abnahm ...

Als hätte er ihre Gedanken gelesen wie eine Bühnenanweisung, machte er genau das: Er nahm das unvorteilhafte Horngestell ab, hielt die Gläser ins Licht und überprüfte, ob sie schmutzig waren.

Er *war* es, Archie Marchbanks. Edith konnte es kaum glauben. Es war Marchbanks oder sein Zwilling, der an dem Tisch am Fenster saß und mit der Serviette seine Brille putzte. Er sah weder auf, noch sah er sich auf die Art eines Menschen um, der von seiner eigenen Berühmtheit beeindruckt ist.

Das hatte Edith auf den ersten Blick erkannt. Trotzdem hätte sie ihn über den Kuchenwagen hinweg direkt anstarren können, ohne daß er es bemerkt hätte. Die Geste, mit der er die Brille hochgehoben hatte, war eindeutig die Geste der Person, deren Rolle er letztes Jahr mit solch erstaunlichem Erfolg in einem der Theater des West Ends gespielt hatte. Nur daß es sich damals bei dem überprüften Gegenstand – es war im zweiten Akt gewesen – um ein Diamant-Rubin-Collier gehandelt hatte. Derselbe ausgestreckte Arm, genau dasselbe leichte Schielen, dieses Neigen des Kopfes ... durch und durch wie die Gestalt in dieser Rolle.

In den letzten vier Wochen der Spielzeit hatte sie das Stück dreimal gesehen, und es tat ihr leid, daß sie so lange gewartet hatte, denn es war gut sechs Monate lang gelaufen, als Marchbanks ausgestiegen war. Ein anderer Schauspieler hatte seine Rolle übernommen, und das Stück war mit einer Schnelligkeit abgesetzt worden, die ihm peinlich gewesen sein mußte. Das einzige, was das glanzlose Stück am Leben erhalten hatte, war Archie Marchbanks gewesen. Von dem Augenblick an, als Archie Marchbanks die Bühne betreten hatte, hatte sie die Spannung in der Luft gespürt. Vollkommen überzeugend hatte er die Rolle eines Mannes gespielt, der doppelt so alt war wie er. Es erstaunte sie, daß, wer auch immer für die Besetzung verantwortlich war – wurden diese Leute heute nicht »casting directors« genannt? –, solches Einfühlungsvermögen oder solche Voraussicht besaß, Marchbanks die Rolle zu übertragen. Er war, oberflächlich betrachtet, zu jung, zu hübsch, zu ... alles.

Edith schaute sich in dem kleinen Raum um, sah auf die Gäste an den vier anderen Tischen, von denen einer direkt neben dem von Marchbanks stand. Niemand sonst erkannte ihn.

Edith war Stammgast bei Mrs. *Dawson's,* da sie in einer der Seitenstraßen wohnte, die von der Fulham Road abgingen. Es war nur eine kurze Busfahrt bis zur Victoria und Albert Hall, und sie tadelte sich, weil sie nicht öfter dort hinging, eigentlich kaum, wie sie zugeben mußte. Dieselbe Gleichgültigkeit brachte sie dem Brompton Oratory entgegen. Sie war vielleicht drei- oder viermal dortgewesen, seit sie in ihre jetzige Wohnung eingezogen war, die sie mit ihrer Mutter bis zu deren Tod vor zwei Jahren geteilt hatte.

Die Zärtlichkeit, die sie für ihre Mutter empfunden hatte, war ihr fast peinlich. Ihr Tod diente Edith zur Zeiteinteilung:

Die Dinge waren entweder vor oder nach dem Ableben von Mrs. Parteger geschehen. Alle anderen, die sie kannte, trugen einen Sack gemischter Gefühle mit sich herum, eine Bürde, schwer wie ein Überseekoffer, voller Gefühle für ihre Eltern. Jeder dieser Freunde hatte wahrscheinlich ihre Empfindungen für ihre Mutter analysiert, und zwar damals, als Mrs. Parteger noch lebte. Jetzt, nachdem sie tot war, wagten sie das nicht. Ihre Freundin Zoe bezeichnete Ediths Gefühle als »unterdrückt«. »Man muß sich nur ansehen, wie du lebst, Edith«, hatte Zoe mit einer Armbewegung gesagt, die die ganze Wohnung mit einschloß. Was immer Zoe auch gemeint hatte, Edith wollte es nicht unbedingt wissen. Zoe war bestenfalls eine ungenaue Interpretin des Lebens und der Gefühle anderer Menschen.

Eine weitere Bekanntschaft war ein Mann, der alles unter dem Aspekt des Kampfes sah. Er begeisterte sich für Sport, vor allem für American football, und schien unfähig zu sein, seine Gedanken auf andere Weise auszudrücken als in Sportmetaphern. Er hatte zu ihr gesagt, sie befinde sich auf »einem Endlauf rund um den Elektra-Komplex«. Soweit sie sich erinnerte, bezog sich dieser bestimmte Komplex auf die Beziehung zwischen Töchtern und Vätern, nicht Müttern, aber Edith erwiderte nichts darauf, weil es ihm solchen Spaß zu machen schien, seine Sportausdrücke anzuwenden. »Also, du wärst glücklicher, Edith, wenn du aufhören würdest, kurze Pässe zu spielen, und mehr ins Feld hinausgehen würdest.« Edith fragte sich, was das heißen sollte. Hieß es, daß sie keine Risiken einging? Sie hatte nicht danach gefragt.

Als sie an diesem Nachmittag zu *Mrs. Dawson's* spaziert war, war Edith vor den gleichen Schaufenstern stehengeblieben wie immer – dem reizenden kleinen Käse- und Weinladen und dem Blumengeschäft – und kam schließlich zu einem Eckladen, der sich auf bestickte Kissen spezialisiert hatte. Vor diesem Schaufenster verweilte sie immer. Ein- oder zweimal hatte sie diesen Spaziergang zur Teestube mit Zoe gemacht und ihr das Schaufenster gezeigt. Zoe hatte nur das größere Bild wahrgenommen, das Schaufenster als Ganzes, und es als »hübsch« bezeichnet. Ediths Fähigkeit, stillzustehen und zu schauen, fanden andere, die schnell vorankommen wollten, ärgerlich.

Ihre Mutter hatte diesen Laden oft besucht. Mrs. Parteger hatte wundervolle Stickarbeiten angefertigt und in der kleinen Frau, der der Laden gehörte, eine verwandte Seele gefunden. Auch Edith stickte, hatte es aber in dieser Kunst nie zur Meisterschaft gebracht. Doch sie betrachtete die Dinge auf dieselbe Weise wie ihre Mutter. Details machten die Geschichte aus, hatte Mrs. Parteger oft gesagt; es liege alles im Detail; das größere Bild ergebe sich dann von selbst.

Edith beugte sich näher zu der Scheibe vor. Die nuancierten Farben der Rosen auf einem Kissen, das am Bein eines Fußschemels lehnte, waren meisterlich ausgeführt. Die Farben schienen während des Hinsehens blasser zu werden. Ihre Mutter war eine Meisterin, was die Kunst des Schattierens und des schemenhaften Andeutens anbelangte. *War es gewesen,* sagte sich Edith und wurde von dem Gefühl des Verlusts überflutet, das sie inzwischen seit zwei Jahren verspürte. Der Schmerz, den sie fühlte, war frisch, nicht alt. Tränen brannten ihr in den Augen; sie holte tief Luft und lehnte die Stirn an die Scheibe. Als sie sich wieder besser fühlte, sah sie erneut auf die Kissen. Ein anderes Kissen, das hauptsächlich in Braun gehalten war, zeigte einen Whippet, und die Art, wie es mit der Stickerei gelungen war, die Kraft des Hundes auszudrücken, war wundervoll. Man müßte wirklich näher herangehen, sie aufheben und genau betrachten, um die Muster zu unterscheiden und die Einzelheiten vor dem dunklen Hintergrund wahrzunehmen. *Es liegt alles im Detail,* hörte Edith ihre Mutter wieder sagen.

Wie nicht anders zu erwarten, wurde die große Aufmerksamkeit aufs Detail, der genaue, prüfende Blick auch auf andere Dinge angewendet – auf Broschen und Ringe, auf Spitze und Kleider. Wenn irgendwo ein Makel war, ihre Mutter hatte ihn gefunden. Edith wünschte sich manchmal, sie selbst hätte diese Eigenschaft nicht. Dennoch war es eben diese Fähigkeit, Einzelheiten wahrzunehmen, die sie in die Lage versetzte, Archie Marchbanks zu erkennen, während die anderen Gäste blind waren, was ihn anbelangte. Es war diese Geste, wie er den Arm ausstreckte und die Brille ins Licht hielt, die ihn unwiderleglich als Archie Marchbanks auswies. Er war in der Lage, in die Drehung eines Handgelenks mehr Bedeutung zu legen, als andere Schauspieler mit ihrem ganzen Körper auszudrücken vermochten. Er hatte das ansonsten uninteressante Stück zu etwas Aufregendem gemacht. Die Hauptdarsteller mußten sich schrecklich unbehaglich gefühlt haben, als sie zum Applaus auf die Bühne traten und feststellten, daß die Begeisterung nur Archie Marchbanks galt.

Mrs. Dawson's war die Lieblingsteestube ihrer Mutter gewesen, weil dort das Gebäck so leicht und flockig war und der Tee aus losen Blättern aufgebrüht wurde anstatt aus Beuteln. Sie hatte gerade ihr »Napoleon«-Stück aufgegessen und trank eine letzte Tasse Tee, als sie ihn bemerkte. Ein Sonnenstrahl, der schräg über sein Tischtuch fiel, wirkte wie ein Bühnenscheinwerfer, dessen Licht sich über das Diamant-Rubin-Collier ergoß. Sie war damals wie gebannt gewesen und war es jetzt wieder.

Aber sie konnte nicht den ganzen Nachmittag hier verbringen – sie mußte gehen. Es dauerte eine Viertelstunde, bis die Kellnerin ihr die Rechnung brachte. Sie wollte eigentlich nur bezahlen, aufstehen und gehen, aber auf dem Weg zur Tür wechselte sie plötzlich die Richtung und blieb an seinem Tisch stehen. Es schien, als könne sie einfach nicht anders. Wohl wissend, daß sie bis zu den Haarwurzeln errötete, sagte sie: »Es tut mir furchtbar leid, Sie zu stören, aber ... Sie sind doch Archie Marchbanks, nicht wahr? Der Schauspieler?« Sie sprach so leise wie möglich, um die Aufmerksamkeit nicht auf ihn zu lenken.

Er lächelte, als er nickte.

»Ich konnte nicht glauben, daß Sie es sind, hier an diesem Ort ...« Sie sah sich um, als hätte sie ihn an einem unbewohnbaren Ort der Erde aufgespürt. »Sie waren so gut in diesem Stück letztes Jahr.«

»Setzen Sie sich.« Archie Marchbanks deutete mit dem Kopf in Richtung des freien Stuhls.

Edith zögerte, verwirrt darüber, was sie dazu bewegt hatte, an seinen Tisch zu treten. Gewöhnlich war sie nicht mutig. Tatsächlich hielt sie sich für scheu; wahrscheinlich wäre sie die letzte gewesen, die auf einen Schauspieler zugegangen wäre und zu ihm gesagt hätte, wie sehr ihr seine Vorstellung gefallen hätte. Und sie hatte tatsächlich die Aufmerksamkeit auf ihn gelenkt. Glücklicherweise hatten die beiden am Nebentisch ihre Rechnung bezahlt und waren gerade gegangen, aber die Frauen am anderen Tisch hatten sie gehört, neugierig herübergeschaut und schließlich bemerkt, wer er war. Sie steckten die Köpfe zusammen, flüsterten und machten vermutlich aus, wie sie ihn ansprechen könnten.

»Setzen Sie sich doch«, sagte er zu Edith. »Sie würden mir eine Freude machen.«

Sie konnte es nicht glauben, aber sie setzte sich.

Er sah sich nach der Kellnerin um. »Möchten Sie eine Tasse Tee?«

»Oh, nein danke. Ich hatte gerade welchen.«

»Ich auch, aber ich trinke noch einen. Können wir je genug Tee kriegen? Ich glaube nicht.«

Die Kellnerin, ein junges Ding mit Locken aus seidigem hellem Haar, kam sofort – übers ganze Gesicht strahlend – herbei (obwohl sie, als sie Edith bedient hatte, ziemlich langsam und mißmutig gewesen war). Edith bezweifelte, daß sie wußte, wer er war; sie reagierte vermutlich auf seine Jugend und sein überaus gutes Aussehen. Es war schwierig, Marchbanks Alter zu schätzen, aber er konnte nicht älter als ein- oder zweiunddreißig sein, höchstwahrscheinlich war er sogar jünger. Sie war mindestens zwanzig Jahre älter als er. Sie war zweiundfünfzig. Die Kellnerin antwortete mit einer Unzahl von *Ja, Sir, sofort, Sir, ich verstehe. Sir,* bevor sie sich ein wenig schief verbeugte und mit ihrer stocksteif gestärkten Schürze raschelnd davoneilte.

Archie Marchbanks lächelte Edith an, als wären sie sich einig, was die Kellnerin betraf. »Wohnen Sie hier in der Gegend?«

»Ja, nur ein paar Straßen von hier entfernt.« Sie nannte die Seitenstraße, die von der Fulham Road abging.

»Oh, ja. Ich kenne diese Straße, hübsche Häuser dort. Keine ›Zweckbauten‹, sondern »herrschaftliche Häuser. Ich liebe britischen Euphemismus.«

Sie lächelte. »›Herrschaftliches Haus‹ trifft zu. Sie ist sehr bequem, unsere ... meine ... Wohnung. Aber wahrscheinlich werde ich demnächst ausziehen.«

»Warum, wenn sie bequem ist?«

Sie konnte kaum auf den Tod ihrer Mutter zu sprechen kommen, daher umging sie eine Antwort und stellte ihm dieselbe Frage. »Wohnen Sie hier in der Gegend?« Edith nahm eigentlich nicht an, daß das zuträfe; Fulham bot keinen Anreiz für Schauspieler.

»Nein. Wohin werden Sie ziehen?«

Edith hatte gesagt, sie werde umziehen, weil sie damit ein Ziel zu haben schien, weil sie damit zeigte, daß sie nicht einfach so dahinlebte, sondern eine bestimmte Richtung verfolgte. »Oh, das habe ich noch nicht entschieden. Ich habe mich nur umgesehen.« Das hatte sie nicht; sie hoffte, nicht bei einer Lüge erwischt zu werden, daher würde sie eine andere Edith erfinden müssen, die das Leben führte, das sie eigentlich führen sollte. »Allerdings noch nicht sehr ernsthaft. Es ist schrecklich, umzuziehen, so viel Aufwand.« Sie war froh, daß die Kellnerin zurückgekommen war und sie unterbrochen hatte, falls er sie wieder hätte fragen wollen, warum, da sie es doch so »bequem« hätte. Die Kellnerin hatte den frischen dampfenden Tee und eine Tasse für Edith auf den Tisch gestellt, Marchbanks angestrahlt und war wieder gegangen.

Erst als Edith ihre Handschuhe auf dem Tisch liegen sah, hatte sie bemerkt, daß sie sie ausgezogen hatte, daß sie den Schal vom Hals genommen und den Mantel über die Schultern hatte gleiten lassen. All dies vermittelte den Eindruck, daß sie bleiben und sich hier häuslich niederlassen wollte. Das schockierte sie. Sie konnte sich einfach kaum eine weniger wahrscheinliche Begegnung vorstellen als diese, genausowenig, daß sie diese als »häuslich« empfinden könnte. Mit dem Mann, den sie vor einem Monat auf der Bühne gesehen hatte, und ihr selbst, einer gewöhnlichen alten Jungfer.

»Wenn ich mich jedoch tatsächlich entscheiden sollte, dann erst nach der Schlußvorstellung der *Mausefalle«,* sagte sie, während er eingoß.

Verwirrt sah er auf. »Wie bitte?«

»Das Stück.« Es war ihr einfach so herausgerutscht.

»Ja, ich weiß, aber ...«

Sie kam sich ziemlich albern vor und fügte schnell hinzu: »Ich hasse es, Entscheidungen zu treffen, ob ich ausziehen soll oder nicht; also sage ich mir, ich treffe sie dann, wenn die *Mausefalle* schließt.«

Das gefiel ihm. Er lachte herzlich. Die Frauen an dem hinteren Tisch, die sie angestarrt hatten – besser gesagt: ihn angestarrt hatten –, seit sie sich an den Tisch gesetzt hatte, waren von seinem Lachen gefesselt. Es war das gleiche Lachen, das an verschiedenen Stellen seines letzten Stücks erklungen war. »Das ist großartig. Was für ein wundervoller Maßstab das doch ist! Wird es *je* schließen? Mein Gott, wie lange läuft es denn schon?«

»Siebenundvierzig Jahre. Ist das zu glauben? Es *wird* natürlich schließen – das muß es ja.«

»Vielleicht. Aber Sie sind für den Augenblick gerettet, ist es das?«

Edith fühlte sich keineswegs »gerettet«. Aber diese Abmachung, die sie mit sich selbst getroffen hatte, daß wesentliche Aktionen oder große Entscheidungen nur dann gefällt würden, wenn das Stück abgesetzt wurde, hatte ihr Spaß gemacht. Für sie beide – für sie und ihre Mutter – war es fast zu einer festen Gewohnheit geworden, es sich alle zwei oder drei Jahre anzusehen. Es war wie ein Amulett, ein Glücksbringer.

Die wichtigste Entscheidung war diejenige über die Wohnung. Würde sie an einem Ort bleiben, wo fast jeder Gegenstand sie quälte, sie festhielt, wie aus dem Hinterhalt überfiel? Natürlich war das sentimentaler Unsinn, und sie konnte nichts Besseres für sich tun, als eine andere Wohnung oder sogar ein kleines Haus zu finden und die Vergangenheit zu vergessen. Dieser Rat wurde ihr von solchen Leuten gegeben, die das selbst nicht tun mußten.

»Ich schiebe es hinaus, solange ich kann. Ich bin nicht sehr gut, wenn es darum geht, Dinge zu ändern. Ich staune über Leute, die ihre Wurzeln ausreißen und einfach *gehen* können.« Sie trank den frischen Tee.

»Vermutlich müssen Sie gar nicht gehen. Die *Mausefalle* wird bis an unser Lebensende laufen.«

»Ja. Es ist eine Institution, nicht wahr?« Edith lächelte. »Dennoch fällt mir niemand aus meinem Bekanntenkreis ein, der es tatsächlich gesehen hat, außer mir und meiner Mutter, als sie noch lebte. Es müssen wohl hauptsächlich Touristen hingehen.«

Er nickte. »Ich habe es vor Jahren gesehen. Ich glaube nicht, daß die Tiefe der Charakterzeichnung zu Agatha Christies Stärken zählt – oder zählte.«

»Nein. Aber das ist ja auch nicht das Faszinierende daran. Sondern die Irreführung.«

Er lachte. »Gefällt uns das? In die Irre geführt zu werden?«

»Bei Kriminalgeschichten schon.«

Er nahm ein Karamel-Eclair auf und legte es wieder zurück. »In diesem Stück bezieht sich die Irreführung aber nicht auf die Identität.«

»Ja. Es ...«

»Jetzt fällt mir die Handlung wieder ein ... ah ja. Aber so, wie sie es macht, ist es eine sehr grobe Annäherung an den Begriff der Identität. Sie ist nicht sehr subtil.«

»Nein, aber sie versucht ja auch nicht, sich mit einer philosophischen Frage auseinanderzusetzen. Es geht nur um die Irreführung.«

Noch immer hielt er einen Teil der Zeitung vor die Brust, als wäre sie eine Art schützender Panzer. Er zuckte die Achseln. »Egal wie, es ist doch immer eine Frage der Identität, oder?« Er spielte mit dem Teelöffel. Er hatte elegante Hände.

»Um diese Frage ging es in dem Stück, in dem Sie letztes Jahr gespielt haben, nicht wahr?« Es war eine wirklich schwierige Rolle, dachte sie, eine Rolle, die vom Schauspieler eine äußerst differenzierte Darstellung verlangte, damit beim Publikum die Spannung zwischen Furcht und Anteilnahme aufrechterhalten blieb. Die Verzauberung. Sie dachte wieder an den Moment, als er das Diamant-Rubin-Halsband hochgehalten hatte und die absolute Gier nach den Juwelen auf seinem Gesicht deutlich geworden war, ein Ausdruck, der sich schnell in eine Miene höflichen Interesses verwandelte, als er sich umwandte und mit der jungen Frau sprach, die er mit ziemlicher Sicherheit betrügen würde. Das Publikum hatte fast instinktiv reagiert; sie selbst hatte das Gefühl gehabt, von ihrem Sitz hochgerissen zu werden. Er hatte das unbedeutende Stück fast zu einem großartigen werden lassen; jedenfalls hatte er seine Nebenrolle zum strahlenden Mittelpunkt gemacht. Der Hauptdarsteller war sehr gut gewesen, aber er bewegte sich nicht in derselben Klasse wie Marchbanks. Was absolute Boshaftigkeit anbelangte, fiel Edith keine andere Rolle ein, die – dank seiner Darstellungskunst – damit zu vergleichen gewesen wäre, außer vielleicht Jago.

Das sagte sie zu ihm. Wenn es nicht so banal gewesen wäre, hätte sie gesagt, daß der Effekt ein magischer gewesen sei, wie der Trick eines Zauberers. Tatsächlich sagte sie aber: »Ich habe keine Ahnung, wie Sie es gemacht haben, auf welche Weise Sie in die verschiedenen Rollen geschlüpft sind.«

Er lächelte strahlend. »Übung.«

Sie lachte. »Oh, sicherlich nicht *nur.* Nicht, nachdem Sie es geschafft haben, für uns alle so überzeugend zu wirken.«

Wieder zuckte er die Achseln. »Das tut der Heiratsschwindler auch. Es ist nicht so schwierig, überzeugend auf die Leute zu wirken. Sie haben es ja selbst gesagt: Man liebt die Irreführung.«

Sein Lächeln war zweideutig, und einen Moment lang war Edith unsicher. »Ich meinte es nicht ganz so. Außerdem haben wir in dem Zusammenhang von der *Mausefalle* gesprochen.«

»Oh, Sie würden das aber doch nicht nur auf dieses Stück beschränken, oder? Und war der Schurke in der *Mausefalle* so anders als der, den ich gespielt habe?«

»Gütiger Himmel! Der Unterschied ist riesig.« Sie schlug heftig auf den Tisch, so daß das Besteck zu klappern begann und das halbaufgegessene Gebäck auf dem Teller hochsprang, was sie erröten ließ.

Er schien es nicht zu bemerken. »Ich spreche nicht über die Schauspielerei, nur über die Rolle. Beide Rollen ließen den Theaterbesucher glauben, es handle sich um ein und dieselbe Person, und dann hat sie sich in eine andere verwandelt. Wie ich gesagt habe, es ist wie beim Heiratsschwindler.«

»Sie vereinfachen *tatsächlich* zu sehr. Sie sind nicht *plötzlich* ein anderer geworden, wie die Figur bei Agatha Christie. Sie sind ständig in die Rolle hinein- und wieder herausgeschlüpft. Als ich das Stück zum erstenmal gesehen habe, hatte ich Schwierigkeiten herauszufinden, ob Sie böse waren oder nicht.«

Er lächelte. »Zum erstenmal? Wie oft haben Sie es denn gesehen?«

»Dreimal. Das erstemal habe ich einfach keinen rechten Zugang gefunden.«

Er legte den Kopf ein wenig zur Seite, überlegte, nahm das Eclair und biß wieder davon ab. Auf dem Kuchenteller lagen verschiedene angebissene Gebäckstücke, die er probiert hatte. »Ich behaupte immer noch«, sagte er, »daß es nicht viel mehr als ein Spiel ist, das auf Vertrauen beruht. Wir arbeiten verdammt hart daran.« Er sah auf seine Uhr. »Oh Gott, ich bin spät dran.« Er rief die Kellnerin, damit sie die Rechnung brachte. »Es war nett mit Ihnen«, sagte er. Er wartete nicht, bis das Mädchen kam und kassierte. Er warf ein Häufchen nicht abgezählter Münzen auf den Tisch, Pfundnoten und

Fünfzig-Pence-Stücke – eindeutig mehr, als die Rechnung ausmachte.

Edith fragte sich, ob er auch sonst so spontan, fast sorglos sei. Er legte sich seinen Mantel, der aus hellem Kaschmir war, um die Schultern. Es war heute beträchtlich wärmer geworden. Edith nahm ihre Handschuhe und ihre Tasche, und sie verließen die Teestube.

Draußen wurden sie von blassem Sonnenlicht überflutet, als er seine Hand ausstreckte und zu ihr sagte, wie sehr er die Unterhaltung genossen habe. Vielleicht würden sie sich wieder einmal treffen. Er fragte sie, ob sie oft hierherkäme.

Sie versicherte ihm, daß dies der Fall sei, und zwar ziemlich regelmäßig am Mittwoch, auch sonntags sehr oft. Manchmal auch an anderen Tagen. Sie trennten sich, aber nach ein paar Schritten drehte er sich um und kam zurück. »Hören Sie: Da wir beide am Mittwoch nicht so recht wissen, was wir anfangen sollen ...«

Sie konnte sich niemanden vorstellen, bei dem es unwahrscheinlicher gewesen wäre, nicht zu wissen, was er »anfangen solle«, als Archie Marchbanks! Aber sie wartete und wagte kaum zu atmen ...

» ... warum trinken wir nächsten Mittwoch nicht zusammen unseren Tee? Hier.« Er machte mit dem Kopf ein Zeichen in Richtung der schäbigen Fassade von *Mrs. Dawson's.*

Sie öffnete den Mund, konnte aber vor Überraschung zunächst nichts sagen und hustete, antwortete dann: »Sehr gern. Ungefähr zur selben Zeit?«

Er nickte, ging davon und drehte sich noch einmal um, um zu winken.

Edith blieb einen Moment lang mit starrem Blick stehen. Sein überraschendes Angebot verblüffte sie so sehr, daß sie plötzlich die Kühnheit besaß, daraus ihren Vorteil zu ziehen. »Mr. Marchbanks!« rief sie. Als er stehenblieb, ging sie auf ihn zu und sagte: »Ich denke gerade ... Vielleicht könnten Sie mich nächsten Mittwoch in meiner Wohnung besuchen, und ich könnte mich revanchieren; ich meine, ich könnte *Ihnen* Tee anbieten.«

Archie Marchbanks schien der Vorschlag zu gefallen, und er erklärte sich sofort einverstanden, am folgenden Mittwoch in ihre Wohnung zu kommen. Es dauerte nur einen Augenblick, bis sie die Hausnummer aufgeschrieben hatte. Ihre Wohnung befinde sich im Erdgeschoß, erklärte sie ihm.

»Nur für den Fall«, sagte sie, als sie ihre Telefonnummer dazuschrieb. »Man kann ja nie wissen, was passiert.«

Wieder trennten sie sich, und wieder drehte er sich um, um ihr nachzurufen: »Und vergessen Sie unsere Diskussion nicht!«

»Nein, nein, sicher nicht!« rief sie zurück.

Aber die Überraschung über seinen deutlichen Wunsch nach einem Wiedersehen wie über ihre eigene Kühnheit hatte sie die »Diskussion« (wie er es genannt hatte) sofort vergessen lassen. Nun, sie würde sich bald genug wieder daran erinnern.

Edith ging den üblichen Weg über die Fulham Road zurück, »leichten Schrittes«, wie sie meinte, was ein deutlicher Unterschied war, verglichen damit, wie sie die Teestube betreten hatte. Ganz bewußt blieb sie vor den verschiedenen Schaufenstern stehen, vor denen sie auf dem Hinweg stehengeblieben war, um sie sich nun in dieser neuen Gemütsverfassung anzusehen.

Als sie vor dem Lieblingsladen ihrer Mutter stehengeblieben war, dachte sie, daß sie zum Glück nicht auf ihre Gefühle der Einsamkeit und (wie sie jetzt zugeben mußte) der Verzweiflung eingegangen war. Erst jetzt war es sicher, sich solche Gefühle einzugestehen, jetzt, nachdem deren dunkle

Quelle zum Teil überdeckt war. Jetzt konnten sie angenommen werden.

Edith lehnte die Stirn leicht gegen die kalte Glasscheibe des Kissengeschäfts. Sie spürte, wie schmerzlich es war, sich die früheren Gefühle einzugestehen, mit denen sie sonst immer zu *Mrs. Dawson's* gegangen war. Hatte sie sich *tatsächlich so* schrecklich elend gefühlt? Offensichtlich schon, sonst hätte sie die Befreiung davon nicht bis tief in die Eingeweide gespürt. Diese früheren Gefühle waren so körperlich gewesen, wie eine niederdrückende Last, die nun von ihr genommen war. Wenn sie geschwiegen hätte, wenn sie zu schüchtern gewesen wäre, Archie Marchbanks anzusprechen, dann würden diese Gefühle sie noch immer quälen – welch entsetzlicher Gedanke! Es war ziemlich erschreckend, sich das einzugestehen, denn diese Gemütsverfassung konnte sich leicht wieder einstellen und sie niederdrücken.

Aber jetzt Gott sei Dank nicht! Ihr Blick ruhte wieder auf dem Whippet, und sie spürte seine nervöse Erregung. Die Blütenblätter um die Vase mit den Rosen schienen gerade abgefallen zu sein, als hätte sie nur einen Augenblick lang weggesehen und deren sanftes Herabgleiten verpaßt. Daß die Stiche einer Stickerei solche Nuancen herzustellen und den Dingen solches Leben einzuhauchen vermochten, verwunderte sie jedesmal wieder aufs neue. Obwohl ihr das früher nie in den Sinn gekommen wäre, hatte sie jetzt das Gefühl, ein Kissen kaufen zu müssen. Es würde sie immer an ihr Glück erinnern.

Das Geschäft hieß *Timothy's* und gehörte einer Miss Vole, einer netten kleinen Frau, deren gesamtes Leben sich um die Stickerei drehte. Ihre Mutter und Miss Vole konnten sich endlos über die Stickkunst unterhalten: Seidenstickerei, Plattstickerei und Petit-point. Edith erinnerte sich an den Morgen, als sie ihre Mutter hier im Gespräch mit Miss Vole zurückgelassen hatte. Als sie eineinhalb Stunden später wiedergekommen war, hatte sie die beiden genau an der gleichen Stelle angetroffen. Sie hatten sich keinen Zentimeter fortbewegt und offensichtlich nicht in Erwägung gezogen, sich zu setzen.

Miss Vole hatte viele Jahre die Wohnung über dem Laden gehabt, der damals ein Antiquitätengeschäft beherbergte. Sie hatte sich – ziemlich gut – über die Runden gebracht, indem sie ihre Stickereien an ein paar kennerhafte Damen (wie etwa Mrs. Parteger) verkauft und gelegentlich ein Kissen oder Deckchen auf Kommission in den Antiquitätenladen gegeben hatte. Als der Besitzer des Ladens sich zum Verkauf entschloß, hielt es Miss Vole für vollkommen logisch, daß der nächste Schritt in ihrem Leben darin bestand, ihn zu kaufen und zu einem Geschäft für Stickwaren umzuwandeln. Den Namen hatte sie beibehalten, obwohl sie nicht wußte, wer Timothy war.

Edith gefiel dieser planmäßige Ablauf, dieser Glaube an ein vom Schicksal bestimmtes Leben. Denn wenn sie tatsächlich über die »Schritte« in Miss Voles Leben nachdachte, dann gab es nur wenige, und die lagen weit auseinander. Als sie zwanzig war, hatte sie gegen den Willen ihrer Eltern einen riesigen Schritt unternommen: Sie war in ein Kloster eingetreten.

»Ich dachte, es wäre ruhig, es wäre still, so ganz anders als mein Leben zu Hause. Ich wollte mich nur mit meiner Stickerei beschäftigen, verstehen Sie? Das war der eigentliche Grund, weshalb ich dort eingetreten bin, denn ich hatte die vage Vorstellung, daß ich mich im Kloster ›an die Arbeit machen‹, Meßgewänder oder Betkissen anfertigen könnte. Ich nahm an, es gäbe da unendlich viel freie Zeit. Wie naiv ich doch war! Es gab überhaupt keine freie Zeit, weil sie einen ständig in Atem hielten, einen ständig beschäftigten. Und

sie wollten nicht, daß wir das taten, was wir außerhalb des Klosters getan hatten. Sie schienen Angst zu haben vor weltlichen Arbeiten, vor einer Person, die weltliche Dinge hereinbrachte. Und daher«. – Miss Vole breitete die Arme aus – *»gerieten wir einfach in Streit. Ich bin eingetreten, weil ich dachte, es gäbe dort keine Ablenkungen; an Gott habe ich dabei nicht gedacht.«* An dieser Stelle hatte Miss Vole die Achseln gezuckt, als wäre ihr Eintritt dort ein alberner Fehler gewesen, und sie wollte keinen weiteren albernen Fehler begehen, indem sie bliebe. Und sie hatte das Kloster am Ende ihres Noviziats verlassen.

Edith hätte wetten können, daß ihr Austritt aus dem Kloster genauso mühelos verlaufen war wie ihr Eintritt. Edith konnte sich nicht helfen, sie mußte lächeln, obwohl sie tatsächlich große Ehrfurcht vor Miss Vole hatte. Nachdem diese die Standfestigkeit besessen hatte, sich den Widerständen ihrer Familie entgegenzustellen, hatte sie schließlich die Standfestigkeit gehabt, die Sache zu beenden. Edith (oder ihre Mutter – oder sie beide) hatten Miss Vole gefragt, ob es ihr nicht schwergefallen wäre, sich einzugestehen, daß sie die Sache falsch beurteilt hatte? Miss Vole hatte ein wenig überrascht auf die Frage reagiert. *»Warum denn?«* hatte die Antwort gelautet. Und wie sehr hatte Edith Miss Vole um ihre offensichtlich perfekte Freiheit beneidet, die Freiheit vom Rechtfertigungszwang, die Freiheit, ihre Handlungen nicht begründen zu müssen.

Wenn je ein Mensch eine Berufung gehabt hatte, dann Miss Vole. Sie war wie eine Nonne, was ihre Hingabe anbelangte, und warum hatten die Schwestern das nicht bemerkt? Sie besaß ein hingebungsvolles Wesen, das Gott sicher gefallen hätte, auch wenn sich diese Hingabe nicht direkt auf ihn richtete.

Als Edith den dämmrigen kleinen Laden betrat, schnarrte eine Klingel über der Tür. Miss Vole kam aus einem Hinterzimmer nach vorn. Nach ein paar Worten über das Wetter fragte Edith, ob sie die beiden Kissen im Fenster sehen könne, und Miss Vole schickte sich an, sie herauszuholen, indem sie über die anderen Ausstellungsstücke hinweggriff. Sie reichte sie Edith zu und trat ein wenig zurück, als wolle sie deren Entscheidung nicht beeinflussen. Beide Kissen waren teuer – und das zu Recht, gemessen an der Arbeit, die darauf verwendet worden war. Das mit dem Whippet war das kleinere, wenn auch das teurere der beiden. Ihr gefiel der Hund, der außerdem so viel nervöse Energie zum Ausdruck brachte. Aber ihr gefielen auch die blassen Farben der Rosen, und sie mochte die Weichheit der Satinwattierung. Sie seufzte und schüttelte den Kopf. *(Edith, Edith, entscheide dich!)* Miss Vole hielt die dünnen geschickten Finger gefaltet. Mit heiterer Gelassenheit sah sie auf die Kissen und erklärte Edith, daß sie beide selbst gemacht habe. Miss Vole verkaufte auch Stickereien von anderen, die natürlich ihren außerordentlich hohen Ansprüchen entsprechen mußten. Mehrmals hatte sie Edith erklärt, daß Mrs. Parteger so gut wie sie selbst gewesen wäre, vor allem was die Hohlsaumstickerei anbelangte.

Während Ediths Finger über den gestickten Whippet glitten, sagte sie: »Es ist ganz erstaunlich. Wenn man es nur ein Stückchen weiter weghält, könnte man es für ein Gemälde halten. Die Schattierung der Brauntöne ist ganz wundervoll.«

»Danke. Ja, ich mag meinen kleinen Hund sehr. Für den verlange ich hundert Pfund.«

»Mögen Sie ihn auch zu sehr, um ihn zu verkaufen?« »Ah, nun, so sehr hänge ich nie an einer Arbeit.« Das stimmte nicht ganz. Mehrmals hatte Edith den Ausdruck starken Bedauerns auf Miss Voles Gesicht gesehen, wenn sie sich von einer Arbeit trennte. Genauso war es jetzt. Für Edith erschien das Ganze wie ein bedeutsamer Vorgang, der zum Rest der Geschehnisse des Tages paßte. »Ich nehme beide«, sagte sie.

2

Die kleine Wohnung, die Edith fast zwanzig Jahre lang mit ihrer Mutter geteilt hatte, war beiden eine Zufluchtsstätte gewesen. Ihre Mutter hatte ihre Hausschuhe immer neben der Tür stehengelassen, um sofort nach dem Eintreten die Straßenschuhe wechseln zu können. Es war ein symbolischer Abschied vom Streß und von der Belastung des Londoner Lebens gewesen.

Ediths Vater war – kurz nachdem sie diese Wohnung mit den zwei Schlafzimmern und dem geräumigen Wohnzimmer bezogen hatte – gestorben. Es schien ganz natürlich zu sein, daß die Mutter zu ihr ziehen würde. Das ehemalige Haus in Putney war für ihre Mutter nicht nur zu groß, sondern auch zu schmerzlich belastet, weil alles *(Alles, Edith)* sie an Ediths Vater erinnerte. Mrs. Parteger hatte anfänglich natürlich gedacht, sie würde das Haus in Putney behalten – wie konnte man einen Ort verlassen, der einem fünfundvierzig Jahre lang das Zuhause gewesen war? Aber nach Mr. Partegers Tod war es zu einer Reihe kleiner schockartiger Erlebnisse gekommen – ein Manschettenknopf, der unter einem Tisch hervorgerollt war, ein Hemd, das im Trockenschrank vergessen worden war –, überall gab es Stücke, die an ihn erinnerten. Mrs. Parteger war überrascht gewesen, daß sie das nicht ertrug. Es war ihr Heim; sie sollte darin leben, bis sie sterben würde. Edith hatte diesen Überlegungen ein schnelles Ende bereitet, indem sie darauf bestand, daß die Mutter bei ihr wohnen sollte. Es war eine ideale Lösung gewesen.

Die Wohnung befand sich in einem Landhaus, das in vier ziemlich großzügige Apartments aufgeteilt worden war. Ediths Wohnung lag im Erdgeschoß und hatte den Vorteil, daß ein Garten dazugehörte, der hübsch und ruhig war. Selbst wenn die Terrassentüren offenstanden, gab es wenig, was sie gestört hätte. Außerdem war es wundervoll für Barney, ihre Katze. Mrs. Parteger hatte die Katze »Barnard« genannt und verlieh ihr damit eine Würde, die die Katze nicht verdiente. Wieviel Würde lag schon darin, sich hinter den Hortensien zu verstecken und am Vogelbad Nachtwache zu halten?

Alles in der Wohnung war sorgfältig ausgewählt, wobei weniger auf die dekorative Wirkung als auf Harmonie geachtet worden war. Gelegentlich traf Edith (und ihre Mutter) die falsche Wahl, und es galt dann, sich mit einem nicht passenden Gegenstand abzufinden. Bezüglich dieser schlechtgewählten Stücke bedienten sie sich einer aggressiven Ausdrucksweise. Der marmorne Waschtisch »biß« sich mit der Granitplatte auf einem Beistelltisch; ein Stuhl stand auf »Kriegsfuß« mit dem Wandbehang darüber. Daher mußten die feindlichen Gegenstände voneinander getrennt werden. Auf der anderen Seite gab es seltsame Verbindungen, die sich als sehr glücklich erwiesen: Der lackierte Stuhl, auf dem Mrs. Parteger saß, wenn sie ihre Stickereien zu machen pflegte und der zu einem Spieltisch gehörte, stand nun bei günstigem Licht an dem hohen Fenster. Einige andere erlesene Stücke standen neben einer schwerfälligen alten Anrichte – und irgendwie paßte die seltsame Anordnung zusammen, ohne deplaciert zu wirken.

Der Raum war schön, dachte Edith, er war voller weicher Sessel in kräftigen Farben, viele davon in den Farben des Gartens, die im Winter die Wärme und im Sommer kühlen

Schatten einzufangen schienen. Tatsächlich waren es die Stoffe, die bestickten Flächen, die den Raum zusammenhielten. Die weichen Kissen, der Kaminschutz, die bestickten Woll- oder Leinenstoffe, mit denen die Fußschemel bezogen waren, alles sehr edel und elegant. Und das Beste davon, dachte Edith, war von ihrer Mutter selbst angefertigt worden. Edith nahm ein großes rechteckiges Kissen vom Sofa und betrachtete es. Das alte Haus in Putney mit seinen Giebeln und Gärten war darauf zu sehen, das Mrs. Parteger nach der Erinnerung gestickt hatte. Weil Mrs. Parteger so überaus große Mühe auf das kleinste Detail verwendet hatte *(Die Details, Edith),* schien eine Sternschnuppe über dem Haus tatsächlich aufzuleuchten und einen weißglühend silbrigen Schweif zurückzulassen. Gold- und Silberfäden waren für den nächtlichen Himmel benutzt worden, und eine kleine Weide hatte dank der fedrigen Stiche, mit denen die tropfenden Blätter ausgeführt waren, ihre Zartheit bewahrt. Der Mond war hinter silbrigem Dunst fast verborgen.

Sie legte das Kissen zurück, stand auf, wanderte durch den Raum und betrachtete die verschiedenen Polster, Tischläufer und Wandbehänge. Dieses Kissen etwa gehörte zu den abstrakteren Arbeiten ihrer Mutter: »Traummuster« hatte sie solche Stücke genannt. Dieses Stück, das »Die Rote Königin« hieß, war in lebenssprühenden, sogar ungestümen Farben ausgeführt und mit Gold- und Schattenstickerei und Applikationen eingefaßt. Es wurde von der scharlachroten Gestalt der Roten Königin beherrscht. Ediths Mutter hatte ihr einen langen vielschichtigen Traum von Alices Sturz ins Wunderland erzählt; das Kissen war ihre Umsetzung dieses Traums. Edith hatte diese Art von Stickerei mit Metallfäden nie beherrscht. Warum hatte sie – abgesehen von solchen zur Technik – ihrer Mutter nie Fragen über diese »Traummuster« gestellt? Es waren Arbeiten voll leidenschaftlichen Feuers, in denen die kräftigen Farben geradezu zu explodieren schienen.

Sie kam an die Terrassentür, die in den Garten hinausführte. Neben der Tür stand ein Stickrahmen auf einem Gestell, das Mrs. Parteger sich von einem befreundeten Schreiner hatte anfertigen lassen, damit sie den Rahmen an den lakkierten Stuhl heranziehen und darauf arbeiten konnte. Edith wußte nicht, was es hätte werden sollen, vielleicht ein weiterer Wandbehang. Es war eine Darstellung des Gartens, die erst zur Hälfte fertiggestellt war und wie ein Gemälde wirkte: Da waren die Rabatten, die Weide, das Vogelbad. Im Vordergrund sah man den Rittersporn und die tiefblauen Kornblumen. Die Stiche waren genau und dicht gesetzt, und für den Mittelteil des Mohns und der Gänseblümchen waren französische Knoten verwendet worden; die winzigen Perlchen auf den Blütenblättern stellten Tau- oder Regentropfen dar. Die anmutig herabhängenden Äste der kleinen Weide waren in vielen Schattierungen von Silbergrün ausgeführt.

In der Küche machte sich Edith eine Tasse Kaffee, die sie an dem weißen emaillierten Tisch trank. Sie fühlte sich überladen, als hätte sie ein großes Mahl verzehrt und litte nun an dessen üblen Folgen. Die Stunde mit Marchbanks war vielleicht zu intensiv für sie gewesen, zu reichhaltig und vielfältig für jemanden wie Edith, die an weniger üppige Rationen gewöhnt war. Sie begann zu weinen. Jetzt war es, als hätten die früheren Stunden des Tages nie stattgefunden, als hätte sie alles nur geträumt – die Teestube, Archie Marchbanks, den Kauf der Kissen bei *Timothy's.* Es war tatsächlich die Art von Dingen, von denen man träumen würde. Sie verstand sich nicht mehr. Was war mit ihrem Frohsinn, ihrer Heiterkeit geschehen?

Hatte sie sich, halb schlafend, jahrelang nur treiben lassen und war jetzt plötzlich in schnellen, eisigen Strömen erwacht? Edith schaute auf die Wand hinter dem Herd, an der ein Porzellanteller hing, ein verspieltes Ding, das besser in ein Kinderzimmer gepaßt hätte, auf dem die Geschichte von der Eule und der Katze in ihrem erbsengrünen Boot zu sehen war. Das Boot fuhr über die dahinrollenden kleinen Wellen. Sie hatte den Teller in dem Haus in Putney gefunden, auf dem Dachboden, wo sie manchmal herumstöberte. Der Teller war mit anderen Erinnerungsstücken ihrer Kindheit weggepackt worden.

Sie war irgendwie beschämt, weil ihr Leben so beschränkt war, einen so kleinen Raum einnahm; wenn sie das Vergrößerungsglas genommen hätte, hätte sie nichts gesehen außer blankem grauem Wasser. Doch sie hatte immer gedacht, daß sie lieber für sich sein wollte, abgesehen natürlich von der Gesellschaft jener inzwischen Verstorbenen und von ein oder zwei Personen, die von London weggezogen waren. War dieser Wunsch nach Einsamkeit ein Anzeichen fürs Älterwerden? Für einen Augenblick saß sie da, befühlte das Leinenset und weigerte sich, dem Drang nachzugeben, sich mit einem kalten Tuch über den Augen hinzulegen. Das war es, was sie wirklich wollte: die Jalousien im Schlafzimmer herunterziehen und sich auf das große, kühle Bett legen. Ihr Schlafzimmer war in Grautönen gestrichen. Edith seufzte und fragte sich, was das über sie selbst aussagte.

Doch sie beantwortete sich diese Frage nicht; statt dessen kochte sie sich noch eine Tasse Kaffee, die sie dann ins Wohnzimmer hinübertrug. Dort öffnete sie die Terrassentür und zog den lackierten Stuhl heran. Das Wetter war schöner geworden; jetzt, um fast sechs Uhr, schien der Garten in das gesammelte Sonnenlicht einzutauchen, gerade so wie das Vogelbad den Regen des frühen Morgens gesammelt hatte. Ihre Katze Barney versteckte sich hinter tarnendem Gebüsch, die gelben, rautenförmigen Pupillen aufs Vogelbad gerichtet, und wartete. Edith sah auf die leuchtendroten Levkojen, den Fingerhut, den blauen Rittersporn und die pastellfarbenen Schattierungen der Rabatten und fand, daß sie keinen Grund hatte, unzufrieden zu sein. Von diesen herrlichen Tagen wie dem heutigen gab es zu wenige; die sollte sie nicht mit Weinen vergeuden. Was hatte diesen plötzlichen Ausbruch verursacht, diesen Tränenschauer? Sie schüttelte den Kopf. Ja, es war einfach ein zu köstlicher Nachmittag gewesen. So üppig wie das Gebäck, von dem Archie Marchbanks abgebissen hatte. Sie sah die Kuchenplatte vor sich: das Eclair, aus dem die Puddingfüllung hervorquoll, das flockige Napoleon-Gebäck, das Walnußbrot und das Zitronentörtchen. Und diese unwiderstehliche Erdbeermeringe! Wie hatte er es geschafft, davon nichts als einen Bissen zu essen? Archie Marchbanks schien alles zu mögen, und gleichzeitig nichts. Edith überlegte, was sie ihm am Mittwoch zum Tee vorsetzen sollte. Sie könnte natürlich bei *Mrs. Dawson's* Kuchen holen, aber es wäre doch hübscher, selbst etwas zu backen. Vielleicht konnte sie einen Kompromiß eingehen und einige Stücke Walnuß- oder Orangenkuchen kaufen und ein paar Erdbeertörtchen machen, ein Gebäck aus Baiser und Erdbeercreme.

Sie entschloß sich, nicht den ganzen Tag mit der Planung der Tee-Einladung am Mittwoch zu verbringen.

Aber genau das würde sie natürlich tun. Obwohl sie versuchen würde, sich in der Wohnung und im Garten zu beschäftigen und ein- oder zweimal in die Bibliothek oder ins Kino zu gehen, würden diese Versuche, sich zu beschäftigen, nicht ausreichen, um die Tee-Einladung am Mittwoch aus ihren Gedanken zu vertreiben.

Bereits erschöpft, legte sie sich schlafen. Es war alles zuviel, zu unwirklich.

3

»Wie in aller Welt machen Sie die?« Archie Marchbanks hielt seinen kleinen Teller mit den Erdbeermeringen in die Höhe, als verhülfe ihm die Distanz zu besserem Verständnis.

Voller Erleichterung erklärte Edith es ihm. Voller Erleichterung, daß die Woche des Wartens vorüber war. Wie sich gezeigt hatte, war sie eher mit dumpfer Angst als angenehmer Erwartungsfreude erfüllt gewesen. Jetzt mußte sie nichts mehr tun, als den Tee einzugießen und die Kuchenplatte hinüberzureichen. »Das Auskehlen ist der einzige Teil, der ein bißchen Übung erfordert.« Rosa und blaß, wie mit einem Hauch sanften Errötens überzogen, waren sie so perfekt wie die Rosen, die Archie Marchbanks ihr mitgebracht hatte und die jetzt hinter ihm auf dem Sofatisch in Ediths georgianischer Silbervase standen.

»Es macht Ihnen doch nichts aus, wenn ich sie eine Weile bewundere?«

Natürlich sagte sie, daß es ihr nichts ausmache. Er saß auf dem Sofa in der Haltung eines alten Freundes, der nicht daran zweifelt, daß seine Gegenwart willkommen ist.

Daß Marchbanks überhaupt gekommen war, überraschte sie. Erstaunlicherweise hatte es keinen Anruf in letzter Minute, keine bedauerliche Änderung von Plänen gegeben. Und bis zu dem Zeitpunkt, als er vor ihrer Tür stand, hatte sie sein Erscheinen für immer weniger wahrscheinlich gehalten. Wie angefüllt mit Verpflichtungen, wie anstrengend sein Leben sein mußte! Aber war es nicht furchtbar oberflächlich von ihr, anzunehmen, sein Leben bestehe nur aus Beifall und Bewunderung?

Sie war entzückt, ihm von dem Walnußbrot anbieten zu können: »Versuchen Sie das hier; es ist ein wenig unkomplizierter als die Erdbeermeringen.«

Archie Marchbanks ließ ein Stück auf seinen Teller gleiten und nahm einen Bissen. »Von *Mrs. Dawson's*?«

»Ja, das stimmt. Ich hätte nicht gedacht, daß Sie sich daran erinnern würden, wenn man bedenkt, wieviel verschiedenartiges Gebäck Sie damals auf dem Teller hatten.«

»Ich bin Schauspieler«, sagte er und lächelte über den Rand seiner Teetasse hinweg. »Es ist meine Aufgabe, mich zu erinnern.«

Verständnislos sah sie ihn an und fand die Antwort ziemlich seltsam. Gerade in dem Moment, als sie das sagen wollte, begann er wieder zu sprechen.

»Ich finde ihre Wohnung sehr schön.« Er hatte seine Anerkennung über die Stellung der Möbel, die Leuchtkraft der Farben und »das Zusammenspiel der Materialien« bereits zum Ausdruck gebracht.

Sie hatte gelacht. »Bei Ihnen klingt es so, als wäre es ein Bühnenbild.«

Jetzt war er wieder aufgestanden und ging im Raum umher. Er blieb vor der Terrassentür stehen, die sich vor einem weiteren blaßblauen und goldenen Nachmittag öffnete. Selbst das Wetter schien es mit ihrer Tee-Einladung gut zu meinen. Den Rücken ihr zugewandt, schüttelte er den Kopf und sagte: »Also, das wollen Sie aufgeben ...« Er drehte sich um und lächelte, » ... wenn die *Mausefalle* schließt?«

Sie errötete und sah weg. Sie wünschte, sie hätte ihm von dem harmlosen Spiel nichts erzählt, das sie und ihre Mutter gespielt hatten; es schien ihr jetzt so lächerlich, dies zuzugeben. Warum hatte sie ihm davon erzählt? Mit fester Stimme antwortete sie: »Das genau habe ich nicht gesagt. Ich würde *entscheiden,* was ich dann tue. Das Treffen von Entscheidungen ist es, was mir so schwerfällt.«

Er war jetzt zu der Stelle gegangen, wo halb verborgen hinter dem lackierten Stuhl der Rahmen mit der Stickerei ihrer Mutter stand. Er kniete sich nieder, nahm ihn behutsam auf und trug ihn zum Fenster hinüber. »Wundervoll. Ist das Ihr Garten?«

»Ja.«

Er stellte den Rahmen an seinen Platz an der Wand zurück und setzte sich wieder aufs Sofa. »Warum um alles in der Welt wollen Sie eine Wohnung aufgeben, die in jeder Hinsicht so perfekt erscheint? Die überall Ihren Stempel trägt?«

»Den Stempel meiner Mutter, meinen Sie. Die meisten der Stickereien stammen von ihr. Sie war sehr gut darin.« Sie goß Tee nach. »Sie sehen mich so mißbilligend an. Sie würden bleiben, vermute ich.«

»Hier weiterhin wohnen? Natürlich.«

»Selbst wenn ein Ort mit zu vielen Erinnerungen angefüllt ist?«

Er zog die Augenbrauen hoch. »Sicher, das ist um so mehr ein Grund, sie zu behalten.« Er griff nach seiner Tasse. »Sind die Erinnerungen schmerzlich?«

»Erinnerungen sind meistens schmerzlich.« Die schnelle Antwort überraschte sie selbst. Sie nahm den blauen Glasteller, auf dem ihre Erdbeermeringe lag, legte die Kuchengabel darauf und sagte: »Ich meine einfach, daß sie deswegen schmerzlich sind, weil dieser Teil des Lebens vorüber ist – dieser bestimmte Tag, dieses Jahr; Sie verstehen schon.« Die Wendung, die das Gespräch genommen hatte, gefiel ihr nicht. Bei einem Besucher wie ihm sollte das Gespräch sprühendwitzig sein und sich um Himmels willen nicht um das gleiche Thema drehen, über dem sie den ganzen Tag brütete. Sie schlug eine weniger gefährliche Richtung ein. »Sie haben mir gesagt, ich solle die Diskussion nicht vergessen, über die *Mausefalle.*« Aus irgendeinem Grund war es ihr unangenehm, die Erdbeermeringe zu essen. Fast so, als würde auch sie zu einer dieser Erinnerungen werden, sobald sie sie mit der Gabel zerteilte. Wie absurd. Entschlossen aß sie einen Bissen. Sie war wundervoll, ein weiches Zusammenspiel aus Baiser, Schlagsahne und Erdbeermousse.

»Geschickt verschleierte Identität, nicht wahr? Ich habe das Stück zufällig noch einmal gelesen.«

»Wirklich?« Edith war angenehm überrascht festzustellen, daß die damalige Unterhaltung solchen Eindruck auf ihn gemacht hatte.

»Der Schurke war vollkommen glaubwürdig. Er war überzeugend. Das Publikum hat überhaupt keinen Grund, an der Person zu zweifeln, die er darstellt.«

»Ich wünschte nur, die anderen würden sich nicht solche Mühe geben, schuldig *zu erscheinen.*«

Marchbanks wischte die Bemerkung mit einer ungeduldigen Handbewegung beiseite. »Das liegt nicht am Stück; es liegt an den Schauspielern und der Inszenierung.«

»Ich bin mir nicht sicher, was Sie damit meinen.«

»Daß alles nur ein Spiel mit Vertrauen ist.« Er lächelte, stand auf und vergrub die Hände in den Taschen, als wäre ihm dies beim Denken behilflich. »Zum Beispiel nehme ich an, daß ich Ihr vollständiges Vertrauen besitze.«

Sie lachte. »Es hängt davon ab, *worauf* ich vertraue.«

»Daß ich bin, was ich zu sein behaupte. Daß ich Archie Marchbanks bin.«

»Oh Gott ...« Edith stieß einen übertriebenen Seufzer aus. »Oder daß *ich* ...« – sie lächelte, wie sie hoffte, vielsagend – » ... Edith Parteger bin. Und als solche verstehe ich immer noch nicht, worauf Sie hinauswollen.«

Er zuckte die Achseln. »Daß außerhalb seiner Rolle eigentlich niemand existiert.«

»Das sind Spitzfindigkeiten.« Es erstaunte sie, wie leicht sie zu debattieren begannen, so leicht, wie andere sich verliebten. Sie lächelte. »Ich bitte Sie, wir wollen doch keine dieser langweiligen Debatten über das Wesen der Realität beginnen. Daran hält sich doch ohnehin keiner.«

»Hält sich keiner?«

»An diese Debatten. Ich finde, was immer die ›Realität‹ auch sein mag, wir stehen dennoch am Morgen auf und trinken unseren Tee.« Wie zum Beweis dafür hob sie die Teekanne in die Höhe. Sie war kalt.

»Die stellen Sie nicht in Frage?«

»Nun, natürlich stelle ich sie in Frage. Aber nicht im Sinn eines philosophischen Systems. Wenn ich auf irgendeine Weise verletzt oder schrecklich krank bin, würde ich vielleicht sagen: ›Warum ich?‹« Edith war von sich selbst überrascht. Gewöhnlich war sie zurückhaltend, allerdings nicht, weil es ihr an eigener Überzeugung gemangelt hätte. »Im Moment finde ich, daß wir noch Tee brauchen.« Sie hielt die Teekanne hoch.

Marchbanks lachte.

Aber sie erhob sich nicht. »Wissen Sie«, sagte sie, »ich würde lieber etwas über Ihr Leben erfahren – oder über das, was Sie dafür halten –, da die Art Ihres Zweifels an der Realität mir sagt, daß Sie anscheinend nicht wissen, ob Sie es tatsächlich leben.«

Das brachte ihn wieder zum Lachen. »Meine Vergangenheit?«

»Vorausgesetzt, Sie hatten eine.« Sie war wohl ein bißchen zu keß.

»Oh, Sie haben sich sehr klar ausgedrückt. Also, was ist mit dem Tee?«

Edith brachte die Teekanne in die Küche. Marchbanks folgte ihr und blieb in der Tür stehen. Sie ließ Wasser in den verbeulten Elektrokessel laufen und schämte sich ein wenig wegen seines Zustands. Sie sollte sich wirklich einen neuen besorgen. »Eigentlich würde ich lieber etwas über die Gegenwart erfahren. An welchem Stück arbeiten Sie gerade?«

»An dem neuen Stück von David Crael.«

Mit einer heftigen Bewegung stellte Edith die Teedose auf die Küchentheke. »Ich wußte es! An dem, über das so viel theoretisiert wurde.« David Crael hatte kein umfangreiches Werk veröffentlicht, nur drei Stücke in den fünfzehn Jahren seiner Karriere. Man schrieb ihm größere Klarheit zu – oberflächliche Klarheit zumindest – als Pinter oder Stoppard, den Schriftstellern, mit denen er oft verglichen wurde.

Archie lachte. »Oh, ich glaube, daß es den einen oder anderen geben könnte, der sich den Teufel darum schert.«

»Irgendwo habe ich gelesen – war es in einem Interview? –, daß er es nicht auf die Bühne bringen wollte, weil er nicht den richtigen Schauspieler für die Hauptrolle finden konnte.«

Marchbanks lächelte. »Dann muß er ihn wohl gefunden haben.« Er legte eine Hand aufs Herz. »Archer, *c'est moi.*«

Verwirrt wandte sie sich um, während sie den Tee abmaß.

»Oh, Sie wissen doch: Flaubert und Emma. *›Emma, c'est moi.‹*«

Sie lächelte. »Ja, ich kenne Emma. Aber wer ist Archer?« Sie goß heißes Wasser in die Kanne und leerte es wieder aus.

»Das ist der Name der Person meiner Rolle. Es gibt nur wenige Mitwirkende.«

»Und verschmelzen Sie wirklich mit Ihrer Rolle? Wie Flaubert behauptet, Emma geworden zu sein?«

Er beobachtete, wie sie löffelweise die Teeblätter in die Kanne tat. »Laufen wir nicht Gefahr, wieder in eine Diskussion über die Realität zu geraten?«

Edith füllte die Teekanne mit heißem Wasser und sagte: »Habe ich davon gesprochen? Das glaube ich nicht. Lassen Sie uns ins andere Zimmer zurückgehen.«

Nachdem sie sich wieder gesetzt hatte, sagte sie: »Sie haben Ihre Erdbeermeringe ja immer noch nicht angerührt.«

»Nein. Sie ist zu perfekt. Wie diese eleganten kleinen Figuren aus Marzipan.«

Wieder fragte sie ihn: »Werden Schauspieler tatsächlich zu den Handelnden in dem Stück? Das frage ich mich.«

Er zuckte die Achseln. »Das sagt man. Vielleicht stimmt es. Ich jedenfalls nicht.«

»Sie nicht? In Anbetracht Ihrer letzten Rolle würde ich annehmen, ganz unbedingt. Sie sind so unglaublich darin aufgegangen.«

Marchbanks lachte, während er sich ein Stück Walnußbrot abbrach. »Ich hoffe, daß ich darin aufgegangen bin. Ich bin schließlich Schauspieler.«

»Also..., wenn Sie nicht zu der handelnden Person werden, was sind Sie dann?«

Er zog die Augenbrauen hoch. »Berechnend.«

Edith schüttelte den Kopf. »Manchmal können Sie einen zur Verzweiflung treiben.«

4

Zur Verzweiflung, ja. Aber sie war vollkommen glücklich, wie die Freundschaft sich weiterentwickelte. Während der vergangenen Wochen hatten sie sich jeden Mittwoch getroffen, manchmal in Ediths Wohnung, manchmal bei *Mrs. Dawson's,* wo Marchbanks weiterhin von allem abbiß, was auf der Kuchenplatte lag. Jeder hätte sie für alte Freunde gehalten. Edith hatte das Gefühl, daß sie das auch waren. Bei *Mrs. Dawson's* konnte Edith nicht umhin, den Glanz zu genießen, der auf sie zurückstrahlte. Er hatte sich entweder daran gewöhnt oder bemerkte tatsächlich nicht, welches Aufsehen er erregte. Die Damen (deren Zahl ständig zunahm) gaben sich die größte Mühe, ihn *nicht* zu bemerken.

An diesem bestimmten Mittwoch unterzog Marchbanks eines von Mrs. Dawsons Zitronentörtchen einer eingehenden Prüfung und legte es dann auf seinen Teller zurück. Ausführlich hatte er erklärt, daß der Stückeschreiber David Crael seine neue Arbeit weiterhin geheimhalten würde. »Deshalb bin ich die Woche über in South Ken. Zu den Proben. David weigert sich, sie in einem Theater stattfinden zu lassen; deshalb hat er eine Garage gemietet.«

Edith lachte ungläubig. »Die Proben finden in einer Garage in South Ken statt? Sie machen Witze?«

Er schüttelte den Kopf. »Nein, es stimmt.« Als sie zu einer Antwort ansetzte, hielt er die Hand hoch. »Wenn Sie fragen wollen, in welcher Garage, tun Sie es nicht. Sie wissen bereits mehr als sonst jemand auf der Welt, abgesehen von dem Ensemble und den Technikern. Aber ich habe das Gefühl, Sie sind einer der wenigen Menschen, denen man vertrauen kann.«

Edith nickte nur, aber sie war über alle Maßen erfreut.

»Er selbst hat die Regie übernommen. David, meine ich. Um ehrlich zu sein, ich glaube, er hätte am liebsten alles selbst gemacht – Beleuchtung, Bühnenbild, Kostüme und Darstellung –; es gibt nur vier Schauspieler, also hätte er es fast schaffen können – und den Kartenverkauf auch noch.«

Edith lachte wieder. »Zweifellos auch die Abfassung der Kritiken.«

»David kümmert sich nicht um Kritiken. Er gehört zu den abgehobenen Künstlern, die die Meinung anderer nicht interessiert.«

»So hört sich das aber nicht an. Warum würde er sich sonst solche Mühe machen, das Stück geheimzuhalten?«

Marchbanks schüttelte den Kopf. »Nicht, weil er sich vor der Kritik fürchtet. Ich glaube, er hat das Gefühl, daß es ein Geheimnis *ist* – Sie wissen doch, wie manche Künstler und Schriftsteller ihre Arbeit unter Verschluß halten müssen, bis sie fertig ist.«

»Ja, aber dieses Stück ist ...«

»Fertig? Nein, nicht für David. Wie es ausgeht, werden wir erst sehen.«

»Was?« stieß Edith überrascht hervor. »Er beginnt die Proben mit einem unfertigen Stück? Das verstehe ich nicht.«

Marchbanks blickte auf und lächelte in Richtung einer behäbigen Frau mit dünnen hellbraunen Locken, die auf den Tisch zukam. Sie wurde so rot, daß Edith befürchtete, gleich würde die arme Frau der Schlag treffen; ihre Hand zitterte, als sie ein Blatt hinhielt, auf das Archie sein Autogramm schreiben sollte. Er unterschrieb und reichte es ihr lächelnd zurück. Eilig ging sie auf ihren Platz zurück.

Es hatte nicht lange gedauert, bis es sich nach ihrem zweiten Besuch bei *Mrs. Dawson's* herumgesprochen hatte, daß Archie Marchbanks ein »Stammgast« zu werden schien. Mrs. Dawsons (wo auch immer die Dame sich befand) Umsatz war gestiegen, doch die Gäste bemühten sich, ihn nicht anzustarren, und nur drei- oder viermal hatte sich eine Dame getraut, sich ihm zu nähern. Wäre er ein Filmstar gewesen, wäre das unmöglich gewesen wegen des überwältigenden Eindrucks, den Filmschauspieler unwillkürlich hinterlassen.

Aber Theaterschauspieler wirkten irgendwie entrückter, weniger zugänglich. Edith hatte vorgeschlagen, daß sie sich mittwochs in ihrer Wohnung treffen könnten, jeden Mittwoch. Aber nein, beharrlich hatte Archie darauf bestanden, Edith wenigstens manchmal zum Tee auszuführen, und vermutlich hielt er *Mrs. Dawson's* für den privatesten Ort – oder zumindest für den Ort, wo – verglichen mit allen anderen Lokalen, die sie finden konnten – die Privatsphäre am meisten respektiert wurde.

Hier saßen sie nun, Ende Juni, einen Monat nachdem sie sich kennengelernt hatten. »Ich verstehe das nicht«, sagte Edith erneut.

»Oh, der Schluß ist fertig; er hat ihn natürlich geschrieben. Er will bloß nicht, daß wir ihn kennen, so lange, bis es sich nicht länger hinausschieben läßt.« Marchbanks zerkrümelte ein Stück seines Mürbegebäcks und runzelte leicht die Stirn. »Wissen Sie, wenn man es genauer betrachtet, könnte dies sehr wohl der Grund sein, weshalb er uns haben wollte, vor allem Nell ...«

»Sprechen Sie von Nell Tuitt?« Er nickte. »Was für ein *Glück* für Sie!«

Das dünne Lächeln, das er ihr schenkte, deutete an, daß das Glück sehr wohl auch auf Nell Tuitts Seite liegen könnte. »Aber egal, wie ich gesagt habe, die anderen beiden ...« – er nannte zwei Schauspieler, die nicht sehr bekannt waren –, »sie kommen erst gegen Ende ins Spiel. Aber Nell und mich hat David vielleicht deswegen genommen, weil es uns nichts ausmacht ...« Er hielt inne. »Uns macht es nichts aus, in der Luft zu hängen. Jedenfalls wollte David nicht das Risiko eingehen, daß ihm am Premierenabend irgendein Kritiker oder Reporter ein Schnippchen schlägt.«

Die erste Vorstellung eines neuen Stücks war immer schon öffentlich, lange bevor die Premiere stattfand. Ein Stück von

David Crael war natürlich ein Ereignis. Er hatte seit zehn Jahren keines mehr herausgebracht, was offensichtlich dem Tempo seines Schreibens entsprach. Er war nicht sehr produktiv.

»Wie auch immer, Nell scheint es nichts auszumachen und mir auch nicht, nicht, wenn er solchen Wert darauf legt.«

»Sie zeigen ziemlich große Geduld, finde ich.« Edith trank einen Schluck Tee. »Ich finde, sie ist einfach ... wundervoll!« Sie stellte fest, daß sie ins Schwärmen geriet, was ihr selten passierte. Aber sie fand Nell Tuitt tatsächlich wundervoll. Die Schauspielerin stand in dem Ruf, äußerst bescheiden zu sein; sie hatte nichts von jener egoistischen »künstlerischen Sensibilität« an sich, mit der – Ediths Meinung nach – zu viele Künstler gestraft waren. Und es flößte ihr größte Hochachtung ein, daß Nell Tuitt, trotz all ihres Ruhms und Reichtums, zurückgezogen mit einem Ehemann, einer Katze, einem Hund und zwei Kindern im Teenageralter in der Nähe von Clapham Common lebte. Das wußte sie aus Interviews, und die Fotos dazu zeigten eine Frau mit heiterem Ausdruck, mit zufriedenem Gesicht. »Ich erinnere mich, daß sie in einem Interview gesagt hat, sie habe nicht den Wunsch, verherrlicht zu werden. Sie sagte: ›Ich bin ein besseres Opfer.‹ Das habe ich immer interessant gefunden. Ist sie das?«

Marchbanks winkte nach der Rechnung und holte Kleingeld aus seiner Tasche. »Ein Opfer in Davids Stück, meinen Sie?« Er wirkte nachdenklich. »Wahrscheinlich schon.«

»Wissen Sie es denn nicht?«

Er lächelte. »Sie erinnern sich doch, wir kennen den Schluß noch nicht.«

Die Kellnerin mit den braunen Locken kam schnell mit der Rechnung. Sie schien ihren Tisch – und so wurde er auch bezeichnet (»Oh ja, Sir, ich habe ›Ihren Tisch‹ für Sie freigehalten«) – als ihr persönliches Eigentum zu betrachten.

Edith lachte. »Das hört sich ja so an, als würde das Stück gerade geschrieben, während Sie proben.«

Er sah auf die Rechnung und legte wesentlich mehr Geld auf den Tisch, als draufstand. »Wissen Sie, ich glaube, das ist genau das, was David möchte. Am Anfang sagte er zu uns, er möchte, daß wir das Stück zu Ende denken.«

»Oh, um Himmels willen!« rief Edith und machte eine abwehrende Handbewegung. »Da könnten die Schauspieler ja ebensogut Scharaden spielen.«

»Sie halten das alles für leeres Geschwätz?«

»Nun, Sie etwa nicht?« Als er nicht antwortete, fuhr sie fort: »Ich finde, ich sollte bei der geringen Information, die ich habe, keine Urteile fällen. Das ist einer meiner Fehler. Aber soweit es den Schluß betrifft, wissen Sie, ist es ziemlich faszinierend. Ihn nicht zu kennen, meine ich. Dennoch müssen Sie ja eine Vorstellung davon haben; es muß doch Hinweise geben.«

»Wie in der *Mausefalle,* meinen Sie?« antwortete Marchbanks.

»Nein, das meine ich natürlich überhaupt nicht.« Sie war ungeduldig. »Wir sprechen nicht von den Hinweisen, die man in Kriminalstücken bekommt.«

»Besteht da solch ein großer Unterschied?« Er lächelte, als er nach seinem Mantel griff. Der Sonnenschein hatte sich in Nieselregen verwandelt, würde zweifellos aber wieder zurückkehren. »Hinweise. Darüber muß ich nachdenken.«

5

Die Begegnungen wurden einige Wochen lang fortgesetzt, bis gut in den Sommer hinein, solange er mit diesen Proben in der geheimgehaltenen Garage in South Ken beschäftigt war. Sie sprachen viel übers Theater, und Edith versuchte herauszufinden, wo diese heimlichen Proben stattfanden, aber Archie lieferte ihr nicht den geringsten Anhaltspunkt.

Sie sprachen – besser gesagt, Edith sprach – über ihre Familie. Ausführlich erzählte sie von ihren Eltern, vor allem von ihrer Mutter und von ihrer Schwester, die sie selten sah. »Wir haben uns einfach nie verstanden, das ist alles.« Da war das alte Haus in Putney, das zu groß, und – wie ihre Mutter gesagt hatte – zu sehr mit Erinnerungen beladen war. Ihre Mutter hatte es verkauft.

»Da wären Sie also wieder«, sagte er, »beim Ausverkauf von Erinnerungen.«

Über seine Familie redete Marchbanks wenig. Edith wußte nicht, ob er Geschwister hatte oder seine Eltern noch lebten. Aber so war er: Er redete viel, wobei es sich aber meistens um abstrakte Erörterungen oder hypothetische Fragen handelte. Irgendwie war Marchbanks nicht zu fassen. Sie konnte ihn nicht festnageln.

»Ich kann mir nicht vorstellen«, sagte Marchbanks an diesem Mittwoch, während sein Blick durch den Raum schweifte, »daß man aufgibt.« Seine Finger strichen über die Stickerei auf einem der Kissen ihrer Mutter.

»Ich weiß, ich eigentlich auch nicht«, sagte Edith. Während sie sich bislang quälende Gedanken darüber gemacht hatte, ob sie die Wohnung aufgeben sollte oder nicht, war sie inzwischen schon weniger geneigt, das zu tun.

»Es ist wundervoll, dieses Kissen.« Er hielt die bestickte Seite so, daß Edith sie sehen konnte, als ob sie all die Kissen nicht kennte.

Sie lächelte. »Ja, das ist es. Man nennt es Bargello-Stickerei.«

Er zog die Augenbrauen hoch.

»Man muß sein eigenes Muster finden. Die Medaillonform wird dadurch erreicht, daß man Spiegel über den vorgezeichneten Hintergrund schiebt. Die Spiegel müssen im rechten Winkel zueinander stehen.«

Marchbanks sah wieder mit gerunzelter Stirn auf die Stickarbeit. »Was für ein komplizierter Vorgang. Ich verstehe nicht, wie das gehen soll.«

Sie lächelte. »Aber es ist ganz einfach: Die eine Hälfte des Medaillons ist ein Spiegelbild der anderen.«

Er schüttelte den Kopf. »Für mich ist das nicht einfach. Ihre Mutter muß ihre Stickarbeit ernst genommen haben.«

Edith fand, daß sich das ein wenig gönnerhaft anhörte – als wäre bei solchen Betätigungen ernsthaftes Nachdenken reine Verschwendung –, aber sie sagte nichts, sondern bot ihm nur nochmals Tee an.

»Ja. Danke«, sagte er, als er seine Tasse zurücknahm.

Er wirkte unruhig. Er stand vom Sofa auf, ging zur Terrassentür hinüber und legte die Hand auf die Lehne des lackierten italienischen Stuhls.

»Ist irgendwas nicht in Ordnung?«

»Was?« er drehte sich um. »Nein, nichts.« Von der Terrassentür ging er zur Bücherwand, zog einen abgenutzten Lederband heraus und blätterte ihn durch. »Beaumont und Fletcher. *Die Herzogin von Amalfi.* Ich würde alles darum geben, den Ferdinand darin zu spielen.« Plötzlich schlug er das Buch zu:

»Ach Schwester, ach Schwester, das ist der Grund.
Sei's durch Glück, durch Liebe oder durch Lust
Wie Diamanten schleift uns der eigene Staub.«

Edith war verblüfft. Marchbanks' schnelle und dramatische Verwandlung in den rasenden Ferdinand nahm ihr den Atem.

Marchbanks nahm den kupferfarbenen Band und stellte ihn an seinen Platz zurück. »Großartiges Werk.«

»Erzählen Sie mir nie wieder, Sie würden sich nicht in Ihre Rollen verwandeln. Gerade habe ich gesehen, daß Sie das tun. Wollen Sie immer noch behaupten, daß das, was Sie gerade getan haben, ›berechnend‹ gewesen sei?«

»Natürlich war es das. Sie haben nicht viel zeitgenössische Literatur, nicht wahr?«

Edith lächelte ein wenig. »Wenn Sie damit ausdrücken wollen, daß ich nichts von David Crael besitze, haben Sie recht.«

Marchbanks drehte sich um. »Mögen Sie seine Stücke nicht?«

»Oh ..., das habe ich nicht gemeint.« Obwohl ihr das letzte Stück dieses Autors nicht besonders gefallen hatte. Es war so bar aller Gemütserregung, daß er fast herzlos erschien. Und der schleichende Fortgang dieses neuen Stücks vermittelte ihr den Eindruck, daß es ihr noch weniger gefallen würde. Es hörte sich künstlich und egomanisch an. Aber Marchbanks mit seinen Zauberkünsten würde es wahrscheinlich zu Gold verwandeln. Doch Edith sagte nur: »Das letzte seiner Stücke, das ich gesehen habe, kam mir allerdings ein bißchen kalt vor.«

Nachdem er die Bücher durchgesehen hatte, kam Marchbanks zurück und setzte sich wieder aufs Sofa. »Genauso ist das jetzige. Wie ein Eisblock. Glücklicherweise kann er aufgetaut und bewegt werden. Durch mich.« Ein spöttisches Lächeln glomm auf – und verschwand.

»Und Nell Tuitt?« fragte Edith, ebenfalls lächelnd.

6

Ediths Freundin Zoe rief einige Tage später an, um die Verabredung zum Mittagessen in der folgenden Woche zu besprechen. Es fand immer am dritten Mittwoch im Monat statt, und es hätte sein können, daß Edith es vollkommen vergessen hätte, weil die Datierung dieser Essen so kompliziert war. Hätte das Mittagessen jeden Monat stattgefunden, hätte sie sich den Zeitpunkt besser merken können. Inzwischen waren sieben oder acht Wochen vergangen seit dem letzten Treffen. Edith hatte das Gefühl, Zoe seit Jahren nicht mehr gesehen zu haben.

Edith entschuldigte sich und sagte, sie habe am Mittwoch keine Zeit, ob sie es auf Donnerstag verschieben könnten? Oder auf Dienstag? »Natürlich nicht«, hatte Zoe geantwortet und Edith daran erinnert, daß donnerstags ihr Galerietag sei (Royal Academy, National Portrait, Tate), und dienstags gehe sie zum Einkaufen (Harrod's, Liberty's Upper Sloane Street).

Das hatte Edith schon gewußt, bevor sie vorschlug, den Mittwochstermin zu ändern, nicht, weil es wichtig war, sondern weil bei Zoe alle Tage so vollkommen »ausgebucht« waren. Zoes Woche war fest – sogar völlig eisern – verplant und unflexibel. Es gab keinerlei Raum für Verschiebungen. Die Änderung eines Termins hätte, was Zoe anging, das ganze Kartenhaus zum Einsturz gebracht. Genau das sagte sie

Edith am Telefon: »Wenn ich anfange, die Termine umzustoßen, geht das endlos so weiter.«

Zoe hatte ihr Leben bis in die vorhersehbare Zukunft durchgeplant. Alles andere wäre Chaos. Edith hatte einmal ihren ausgefüllten Kalender gesehen, was ziemlich erschreckend war. Sie erinnerte Edith an eine perfekt trainierte Zirkusartistin, die den Moment abwartet, in dem das Trapez mit unheimlicher Genauigkeit auf sie zuschwingt, um dann, der Schwerkraft trotzend, ihre Drehungen und Schwünge auszuführen. Zoe war immer pünktlich, aber immer in Eile, weil (wie Edith vermutete) die Eile ihre Illusion förderte, etwas zustande zu bringen. Edith glaubte, daß Zoe sich dessen nicht bewußt war, aber sie stand unter dem Zwang dieser Dinge: des vollen Kalenders, der pünktlichen Treffen, der festzementierten Termine.

»Es war doch immer am Mittwoch«, wiederholte Zoe. »Bevor wir uns auf einen festen Termin geeinigt haben, waren unsere Essensverabredungen ein einziges Chaos. Es hat überhaupt nicht geklappt. Du erinnerst dich.« Woran Edith sich erinnerte, waren eher entspanntere Mittagessen. Zoe fuhr fort: »Das bringt mich einfach aus dem Konzept, es bringt meinen ganzen Tag, meine ganze *Woche* durcheinander, das weißt du!«

»Es tut mir furchtbar leid, Zoe.« Edith hörte den Unterton von Panik in der Stimme ihrer Freundin. Es tat ihr durchaus leid, so daß sie zumindest zum Teil verriet, wodurch das Mittagessen am Mittwoch verhindert werden würde. »Ich habe zufällig jemand getroffen, jemand sehr Ungewöhnlichen, und Mittwoch ist sein einziger freier Tag.« Natürlich war ihr sofort klar, daß sie nicht so leicht davonkommen würde.

»Also wirklich, Edith! Es ist die einzige freie Zeit, die ich habe ...« Zoe hielt inne, als die Neugier sie übermannte, und die war stärker als ihr Bedürfnis, sie zu tadeln. »Wen? Wer ist ungewöhnlich?«

Edith zögerte. Sie wollte es Zoe nicht sagen, eigentlich auch keinem anderen. Sie fühlte sich wie ein Kind, das im glücklichen Besitz eines großen Geheimnisses war, der verschleudert wäre, wenn sie es mit jemandem teilte. Und sie lächelte. Vielleicht konnte sie David Craels Gefühle bezüglich seines neuen Stücks verstehen. »Es ist ein alter Freund«, sagte sie, »du kennst ihn nicht.«

»Nein, und ich wußte auch nicht, daß du einen ›alten Freund‹ hast. Ich kenne dich seit fünfzehn Jahren, Edith. Was für ein alter Freund soll diese Person denn sein?«

»Ich meine ›alt‹ nicht in diesem Sinn. Es ist einfach jemand, den ich unter vollkommen anderen Umständen kannte ...« Oh Gott, was für absoluten Blödsinn sie da redete!

»Ich weiß nicht, wovon du sprichst. Wie heißt er denn?«

Eine Sache konnte man Zoe nicht vorwerfen: daß sie nicht aufmerksam zuhörte. Zoe hörte jedes Wort und erinnerte sich daran. Edith seufzte und rang sich schließlich dazu durch, die Wahrheit zu sagen. »Marchbanks. Archie Marchbanks.«

»Ich kann mich nicht erinnern, daß du je einen Marchbanks erwähnt hättest.«

»Zoe, ich *weiß,* daß ich das nicht getan habe. Ich habe ihn seit Jahren nicht mehr gesehen.«

»Na schön.«

Nichts weiter? Nur einfach »schön«? Überrascht stellte Edith fest, daß Zoe der Name nichts sagte, zumindest in diesem Zusammenhang nicht. Es erschien ihr unbegreiflich, aber so war es. Doch Edith erinnerte sich, daß Zoe nicht oft ins »West End«, in die Theater, ging. Tatsächlich dachte Edith, daß sie als letztes vielleicht *Cats* gesehen haben könnte. Oder vielleicht Les *Miserables.* Musicals, die waren nach Zoes Geschmack.

»Aber du bist doch sicher nicht auf *ewig* jeden Mittwoch mit diesem Menschen verabredet?«

»Nein, natürlich nicht, aber es wäre alles viel einfacher, wenn wir etwas anderes vereinbaren könnten ... Wie wär's denn mit einem Abendessen am Mittwoch anstelle des Mittagessens?«

»Abendessen ...« Wie Zoe das Wort murmelte, hatte man den Eindruck, daß sie es sorgfältig bedachte, als handle es sich um einen exzentrischen, wenn auch keineswegs unerfreulichen Vorschlag.

Es waren die Tage, die Zoe so sorgfältig verplante. Die Abende waren eigentlich nie ein großes Problem gewesen. Edith konnte sich nicht erinnern, daß Zoe abends ausging, außer in *Cats.* Wie seltsam. Gewöhnlich war es doch die einbrechende Dunkelheit, die die meisten Leute nervös machte. Vielleicht wurden die Abende von ihrer Familie ausgefüllt, ihrem Mann und den beiden Kindern – wenn sie aus der Universität zurückkamen –, obwohl keiner von ihnen Zoes Gedanken während des Tages zu beschäftigen schien. Sie sprach kaum von ihnen, nur wenn sie ärgerlich war, weil ihr der eine 0der der andere bei den Verabredungen zum Mittagessen, den Museums- und Galeriebesuchen oder bei den Einkaufstouren in die Quere gekommen war. Der Name der Tochter war ... Gemma? Oder? An den Namen des Sohnes erinnerte sich Edith nicht. Zoes Ehemann hieß Harry. Ein dünner, blasser Mann, der irgendwo in der City beschäftigt war. Sie schienen alle ganz nett zu sein, aber vielleicht nur deswegen, weil sie Zoes Gedanken nicht sonderlich in Anspruch nahmen.

»Also gut. Ja, Abendessen wäre in Ordnung. Ich werde einfach Mrs. Sipp sagen, daß sie sich hier ums Abendessen kümmert.«

Wer war Mrs. Sipp? Edith fragte aber nicht nach. Mrs. Sipp nahm in der festgelegten Hierarchie offensichtlich keine sehr hohe Stellung ein, wenn sie so leicht verfügbar war. Edith nannte einen Zeitpunkt für ihr Treffen, mit dem Zoe einverstanden war, und legte auf.

7

»Wissen Sie, es gibt Zeiten, in denen ich daran denke, es aufzugeben.«

Es war der Mittwoch nach dem Abendessen mit Zoe, als Marchbanks diese überraschende Enthüllung machte. Sie saßen an ihrem üblichen Tisch bei *Mrs. Dawson's.*

Stirnrunzelnd sah Edith von ihrer Teetasse auf. Da er nicht von dem Schwan aus Eischnee sprechen konnte, den er in der Hand hielt, konnte er nur von David Craels Stück sprechen. »Aber haben Sie denn keinen Vertrag?«

Verwirrt sah er das kunstvolle Baisergebäck an, als wäre es extra dafür gemacht worden, ihn zum Rätseln zu bringen. Aber der Blick galt Edith. »Oh, Sie meinen Davids Stück? Nein, nein, ich meine die Schauspielerei überhaupt.« Er biß von dem Baiser ab und legte den zerstörten Schwan auf die Kuchenplatte zurück.

Sie konnte nicht glauben, daß er das ernst meinte. Eine Menge Gegengründe fielen Edith ein, aber sie war zu verblüfft, um sie auszusprechen. Sie hatte das Gefühl, als hätte sie buchstäblich einen Schlag vor die Brust bekommen, der ihr die Luft nahm. Zum erstenmal verstand sie, wie zutreffend dieses alte Klischee war. »Aber ... das können Sie doch nicht. Sie sind einer der Besten, jedenfalls sind Sie im Moment der bekannteste Schauspieler in London.«

Er errötete, als wäre ihm sein Ruhm peinlich. Er griff nach einem Cremehörnchen und lächelte freudlos. »Ich nehme an, daran liegt es, wissen Sie? Ich bin für so was nicht geschaffen.«

»Soweit ich gesehen habe, sind Sie ganz ausgezeichnet dafür ›geschaffen‹; Sie kommen mit dem Ruhm erstaunlich gut zurecht.« Sie schlug einen ironischen Tonfall an, während sie eine Geste in Richtung der weiblichen Teestubengäste machte.

»Ich bin ..., ich glaube, ich liebe das gewöhnliche Leben.« Er hielt inne, als untersuche er seine Worte auf ihre Treffsicherheit hin. »Ich möchte ...« – lächelnd sah er sie an – »anonym sein.«

Edith wußte nicht, was sie davon halten sollte. »Wie ich, meinen Sie?« Ihr Arm vollführte eine halbkreisförmige Bewegung, die die Teestube mit einbezog. »Wie wir?«

»Irgendwie in der Art.« Er biß in das Cremehörnchen und sah nachdenklich aus. »Eigentlich möchte ich jemand wie ein Buchhalter sein, wissen Sie, ein langweiliger Job, der mir mein Auskommen sichern würde, mir aber die Möglichkeit gäbe, nach Hause zu gehen und einfach zu essen und fernzusehen.«

Edith wurde wirklich ungeduldig. »Ach um Himmels willen! Das sagen Sie doch bloß, weil Sie kein Buchhalter sind.«

»Außerdem will ich nicht so bewundert werden. Vielleicht würde es mir gefallen, ein Verkäufer zu sein.«

»Sie können einem manchmal wirklich auf die Nerven gehen, Archie. Ich nehme Ihnen das nicht ab. Ganz abgesehen von Ihrer Begabung müssen Sie doch entsetzlich schwer gearbeitet haben, um dort hinzukommen, wo Sie jetzt sind. Was Sie sagen, klingt so ... unaufrichtig. Sie möchten lieber ein mittelmäßiger Verkäufer sein als ein begabter Schauspieler, stimmt das?«

Marchbanks lächelte gequält. »Nein. Ich wäre lieber ein *begabter* Verkäufer. Schließlich habe ich meinen Stolz.«

Beide begannen zu lachen. Dann sprachen sie nicht mehr davon.

8

Während er einen großen Schlag Sahne auf sein Teegebäck tat, sagte Archie: »Leider können wir uns in nächster Zeit nicht mehr treffen. Am Dienstag in einer Woche hat das Stück Premiere.«

Edith sah ihn nur an. Schließlich gelang es ihr zu antworten: »Sie meinen die Voraufführungen?« Die Luft bei *Mrs. Dawson's,* die normalerweise warm und vom Duft der Gewürze erfüllt war, enthielt plötzlich einen eisigen Hauch.

»Voraufführung?« Archie lachte.

Edith begriff den Scherz nicht, aber ihr war im Augenblick auch nicht zum Scherzen zumute. Sie wußte wirklich nicht, was sie mit dieser Ankündigung anfangen sollte, was um so schwieriger für sie war, als sie den Tee heute in der Teestube einnahmen, wo man sich nicht einfach zurückziehen konnte. Zu Hause hätte sie sich einfach entschuldigen und in die Küche gehen können. Aber hier nicht.

»Können Sie sich vorstellen, daß David sein Stück ›ausprobiert‹? Ich habe ihm gesagt, wir sollten von der Premiere direkt zur Schlußaufführung übergehen, was sehr wenigen Leuten sehr wenig Zeit ließe, alles herauszubekommen. Das Stück könnte dann sein Geheimnis bleiben.« Archie lachte wieder.

Das hätte sie vielleicht amüsiert, wenn er seine Bemerkungen über David Crael und dessen Stück nicht damit eingeleitet hätte, daß sie ihre Treffen für eine Zeitlang aufgeben müßten. Es war schwierig, nicht der Versuchung nachzugeben, ihn zu fragen, um wie viele Wochen es sich denn handelte. Wie viele Mittwoche? Oder einen anderen Tag vorzuschlagen, irgendeinen, sie war ja vollkommen frei. Archies Bemerkung war um so schlimmer, als es ihm nichts auszumachen schien, die mittwöchlichen Treffen aufzugeben. Ihr war kalt; ihre Hände waren eisig. Sie legte sie in den Schoß und rieb sie gegeneinander. Es hatte den Anschein, als bedeuteten ihm diese Nachmittage eigentlich nichts. Sie konnte nichts dazu sagen, versuchte aber, sich seiner lockeren Art anzupassen, indem sie bemerkte: »Nun, das ist aber schade. Das Stück hat am Dienstag in einer Woche Premiere? Dann könnten Sie vielleicht nächste Woche in meine Wohnung kommen?« Fast hätte ihre Stimme am Ende dieser Fragen die verborgene Intensität des Wunsches verraten, aufgrund dessen sie diese Fragen stellte. Als er sagte: »Natürlich, nächste Woche«, fiel ihr ein Stein vom Herzen.

»Am Mittwoch wäre es schwierig, verstehen Sie.« Er biß in ein Zitronenschnittchen, betrachtete es, während er kaute, und legte den Rest auf die Kuchenplatte zurück. »Mittwochs sind die Matinee-Vorstellungen des Stücks.«

Edith war wie vom Blitz gerührt, ein Freudenschauer durchfuhr sie, denn er würde vielleicht einen anderen Tag vorschlagen. »Dann meinen Sie ... vielleicht an einem anderen Tag? Nun, ich denke, ich könnte es einrichten ...«

Mit einer Unbestimmtheit, die sie beunruhigte, sagte er: »Wir werden sehen.«

Wir werden sehen. War das alles, was er anzubieten hatte? Dieses banale und gönnerhafte bißchen Trost? Aber sie mußte vernünftig sein. Er konnte kaum in South Ken sein, Tee trinken und gleichzeitig seine Matinee-Vorstellung geben. Also hieß das nicht, daß ihm ihre Verabredung nichts bedeutete. Außer ... daß sein Gesichtsausdruck so furchtbar heiter war. Sie sah schnell weg, sah auf alle anderen Gegenstände und Personen, auf alles andere in der Teestube, auf irgend etwas, nur nicht in sein zufriedenes und interesseloses Gesicht. Er saß da, leicht zur Seite gedreht, die Beine vor sich ausgestreckt, die Füße überkreuzt und machte den Eindruck, er fühle sich so heimisch, daß man hätte meinen können, er zöge *Mrs. Dawson's* jedem anderen Ort vor.

Sie atmete wieder leichter. Hätte er die kleinen Teegesellschaften nicht beibehalten wollen, hätte er kaum gesagt:

»Wir werden sehen.« Sie beugte sich vor und zwang sich, ihren Himbeerkuchen aufzuessen. Daß sie aus einem so beiläufigen Satz wie »Wir werden sehen« solchen Trost bezog, zeigte nur, wie weit sie schon gekommen war.

9

Als er am folgenden Mittwoch in ihrer Wohnung eintraf, wirkte er niedergeschlagen. Edith war das ganz recht; es sollte ihm ruhig ein bißchen leid tun. Sie hatte sich große Mühe gegeben, einen Mohnkuchen und einen Obstkuchen gebakken und beim Gemüsehändler sehr schöne Himbeeren gekauft.

Es überraschte sie nicht, daß er wieder auf das Thema ihrer mittwöchlichen Treffen zurückkam. Offensichtlich dachte er, er hätte sich in der vergangenen Woche nicht klar genug ausgedrückt. »Die Anforderungen des Stücks ...«, sagte er. Obwohl sie nicht überrascht war, hörte sie all das mit betrübtem Herzen. Erst jetzt bemerkte sie, wie flüchtig ihre Beziehung war, wie schnell sie abgetan werden konnte. Aber »flüchtig« war eigentlich nicht das richtige Wort. »Ungeschützt« vielleicht. Oder nur in der Vorstellung verankert. Die Orte ihrer Treffen – ihre Wohnung, die Teestube – schienen nichts als Bühnenbilder zu sein. Eine geteilte Bühne vielleicht, ein Teil war beleuchtet, der andere pechschwarz. Und dann umgekehrt, hell-dunkel, dunkel-hell. Immer abwechselnd.

»Es tut mir leid, daß wir die Treffen am Mittwoch nicht weiterführen können. Was für ein köstlicher Obstkuchen das ist!«

Wir können das nicht. Als ob sie die Hälfte der Verantwortung trüge. Sie murmelte eine Antwort, aber ihre Gedanken waren von dem, was er gesagt hatte, in Anspruch genommen. Die Treffen »weiterführen«. Er hätte tatsächlich der Verkäufer sein können, dem er sich angeblich so verwandt fühlte. *Ja, Madam, wir führen Halstücher; ja, wir führen Handschuhe.*

Dies war also für einige Zeit ihr letzter gemeinsamer Tee. Als sie sich das bewußt machte, verspürte Edith eine Leere, die an Schrecken grenzte. Nicht so sehr deswegen, weil die gewohnte Regelmäßigkeit aufgegeben werden mußte (sogar so, daß es gar keine Regelmäßigkeit mehr gäbe), sondern weil diese Aussicht Archie Marchbanks nicht zu bekümmern schien. Sie schlug einen bewußt boshaften Tonfall an, als sie ihn fragte: »Und gefällt Ihnen der Schluß?« Das sagte sie, während er ihr den Rücken zuwandte, denn er war aufgestanden, nachdem er das angebissene Kuchenstück auf seinen Teller zurückgelegt hatte.

Marchbanks stand jetzt in der Terrassentür und sah auf den – wie er ihn nannte – »makellosen« Garten hinaus. Nichts bewegte sich darin, nicht einmal die haferfarbene Katze, die geduckt und unbeweglich wie eine Gartenplastik dasaß. »Ich weiß nicht«, sagte er.

Edith stellte fest, daß sie doch wieder überrascht war und neues Interesse verspürte: »Was? Aber *gewiß* doch ...!«

Mit einem schwachen Lächeln auf den Lippen drehte er sich um. »Nein, es ist wahr: David weiht uns heute abend ein. Verstehen Sie, keiner von uns muß irgend etwas *tun.* Ich meine, es gibt keinen neuen Text zu lernen, keine neuen Richtungen einzuschlagen, keine Ausdrucksformen zu entwickeln, keine Bedeutungen zu ergründen ...«

Für Edith klang das, als spreche er mit sich selbst. »Dennoch ... wird es für das Publikum Dinge zu entdecken geben ...«

»Ja, aber nicht für uns, nicht für die Schauspieler.« Er ging wieder zu seinem Platz auf dem Sofa zurück.

»Es müssen doch überall Hinweise verstreut sein.«

»Ja, ich glaube schon.« Als er saß, strich er sich mit einer jungenhaften Geste das Haar zurück. »Wenn jemand achtgibt.«

Edith hob ihre Tasse vom Unterteller, stellte sie aber schnell wieder zurück, da sie das Zittern ihrer Hand nicht kontrollieren konnte. »Ich könnte mir vorstellen, daß jemand, der dreißig Pfund für eine Karte bezahlen muß, sicherlich aufpassen wird.« Sie versuchte, das erdrutschartige Abgleiten ihrer Gefühle aufzuhalten, indem sie vernünftige, sogar eisige Antworten gab.

Aber es war, als hätte sie nichts gesagt. Er führte seinen Gedanken weiter. »Denn andernfalls, wenn man das Ende nicht voraussähe, könnte man ihre Situation als – unerträglich empfinden.«

»Mit ›ihre‹ meinen Sie die Situation der Personen im Stück?«

Er nickte und stand nervös wieder auf. »Wenn der Schluß nicht so ist, wie ich glaube, dann ist es ziemlich – gemein.«

Edith sah wieder zu ihm auf. »Warum lächeln Sie dann darüber? Ist es so raffiniert?«

»Ja.« Marchbanks lachte. »Vielleicht ist das der Punkt, an dem das Publikum ins Spiel kommt.«

»Ich habe keine Ahnung, was Sie meinen.« Ihr Ton war beherrscht und kalt. Es war einer der seltenen Augenblicke, in denen sie das Gefühl hatte, absolut recht zu haben. Wenn er sich doch bloß erklären würde, gütiger Gott! Sie wollte weinen.

Er tat es nicht. »Es geht um den Überraschungseffekt; ich glaube, er möchte, daß wir überrascht sind.«

Trotz ihrer Qual spürte sie etwas wie Verachtung; sie erhob sich und sagte: »Das ist doch lächerlich. Sind Sie sicher, daß es ein solches Stück gibt?«

Nun war er an der Reihe, überrascht zu sein. »Um Himmels willen, Edith, glauben Sie, ich habe mir das alles ausgedacht?«

Sie sah auf den Bodensatz ihrer Teetasse. »Was Sie von der Vorgehensweise des Regisseurs erzählen, ergibt überhaupt keinen Sinn. Mit der Überraschung des Schauspielers wird es nach dem heutigen Abend vorbei sein, aber das Stück wird mindestens ein Jahr laufen. Wie soll er Ihnen 364 weitere Abende der Überraschung abringen?«

»Ja.« Er lehnte sich zurück. »Es klingt absurd, da stimme ich Ihnen zu.«

Das machte sie wütend. Die Absurdität an der Sache konnte er getrost dem Autor zuschreiben. Sie wußte, daß ihr Tonfall äußerst sarkastisch war: »Bieten Sie mir nicht an, mir eine Freikarte zu schicken?«

Er sah sie an, und sein Blick war irgendwie traurig. »Offen gesagt, glaube ich nicht, daß es Ihnen gefallen würde.«

Die Antwort war so unerwartet, daß sogar sie lachen mußte.

Ein paar Minuten später ging Marchbanks. An der Wohnungstür sagte er: »Wir müssen uns in Zukunft wieder zum Tee treffen.«

»Wenn die *Mausefalle* schließt, meinen Sie?« Ihr Gesicht war eine Maske, die Starrheit ließ nicht nach.

Er lachte. »Ich hoffe, wir müssen nicht so lange warten. Ich habe unsere wöchentlichen Treffen wirklich genossen, Edith«, sagte er etwas ernster. »Es tut mir leid.«

Aber weder seine Stimme noch seine Miene wirkten reumütig. Sie war wie am Boden zerstört; unfähig, sich seiner oberflächlichen Haltung anzupassen, und war ein wenig überrascht, als Marchbanks den Kopf neigte und sie auf die Wange küßte. Das tröstete sie nicht; es schien bloß das letzte fehlende Steinchen in dem Mosaik zu sein. Mit starrem Lächeln stand sie in ihrer Tür, als sie zusah, wie er das Haus verließ. Als er sich anschickte, sich umzudrehen, vermutlich um noch zu winken, zog sie sich rasch zurück. Sie wollte sich nicht den Anschein geben, sie koste die Begegnung bis zur letzten Neige aus.

Sie ging ins Wohnzimmer zurück, um das Teegeschirr abzuräumen. Die Tassen und Untertassen klapperten gegen die Kanne. Das silberne Teeservice war vielleicht ein bißchen zu angeberhaft. Edith stellte das Tablett auf den mit Kuchenbröseln bedeckten Tisch zurück und setzte sich auf den lackierten Stuhl, der noch immer an seinem Platz vor der Terrassentür stand. Sie nahm den Stickrahmen, der an der Wand lehnte, und hielt ihn auf dem Schoß, während sie in den Garten hinausschaute. Es war immer wie ein kleiner Schock, wenn man feststellte, daß nach einem großen Aufruhr der eigenen Gedanken oder Gefühle außerhalb der eigenen Person alles vollkommen gleich geblieben war. Die Hortensien blühten so farbig wie immer, die rotbraune Katze lag immer noch im Gebüsch auf der Lauer, ein Rotkehlchen pickte am Rand des Vogelbads, und aus der Ferne konnte sie die Glocken des Brompton Oratory hören.

Ich glaube nicht, daß es Ihnen gefallen würde. Die Worte klangen düsterer, als sie wieder allein war und darüber nachdachte. Sie richtete sich auf, nachdem sie das Teegeschirr auf ein Tablett gestellt hatte. Was Marchbanks gesagt hatte, war tatsächlich furchtbar gönnerhaft – nein, schlimmer noch, es war grausam gewesen. Er konnte doch unmöglich glauben, daß sie dieses Stück nicht sehen wollte. Es ging ja nicht darum, ob ihr das Stück gefiele; es hätte keinen Unterschied gemacht, wenn sie es gehaßt hätte. Es war Marchbanks, den sie hätte sehen wollen. Und anstatt sie zu entmutigen, wäre es doch sicher viel natürlicher gewesen, ihr zu sagen, er würde ihr eine Karte schicken oder sie an der Kasse hinterlegen lassen.

Edith seufzte und sah auf die Stickerei ihrer Mutter hinab. Vielleicht hatte ihre Mutter recht gehabt, sich an diesen komplizierten Mustern zu versuchen, denn eine solche Arbeit war anspruchsvoll, und man mußte sich ganz darauf konzentrieren. *»Wenn es an den wirklich komplizierten Teil geht«* — hatte ihre Mutter gesagt –, *»glaub nicht, daß du gleichzeitig reden und sticken kannst.«*

10

Es gab Tage, die es auszufüllen galt, genauso wie zu der Zeit, bevor es Archie Marchbanks gegeben hatte. Edith hatte nur einmal die Woche ein paar Stunden mit ihm verbracht, doch es schienen viel mehr gewesen zu sein, denn es hatte die Vorbereitung und Vorfreude gegeben, die diesem Mittwoch vorausgingen, und die angenehmen Träumereien, die ihm folgten. Auf diese Weise war sie die ganze Woche hauptsächlich mit Marchbanks beschäftigt gewesen.

Jetzt fragte sie sich, womit um Himmels willen sie ihre Zeit *vor* Archie Marchbanks verbracht hatte. Sie konnte sich nicht erinnern, daß ihre Tage öd und leer gewesen wären; sicher waren sie nach einem bestimmten Muster abgelaufen. Denn Edith wußte, was für ein Gewohnheitsmensch sie war und wie sehr sie sich immer wieder an den gleichen Dingen erfreuen konnte: an *Mrs. Dawson's,* dem Kissengeschäft, dem ausgezeichneten Käseladen und der Tasse Tee und dem Buch vor dem Schlafengehen. Daraus bestanden die hervorstechenden Teile dieses Musters, das sie entworfen hatte, jene Teile, die ins Auge sprangen. Den blassen Hintergrund bildeten die Orte und Menschen, die sie nicht regelmäßig sah und die daher in verschwommene Bereiche zurücktreten durften. Sie waren keine Bestandteile ihrer rituellen Gewohnheiten wie die Mittagessen mit Zoe (die jetzt wieder auf den ursprünglichen Mittwoch zurückverlegt worden waren). Es gab Besuche bei Miss Vole; Tagesausflüge mit dem Zug zu Orten wie Brighton und Stratford; die Tate Galerie und die Victoria and Albert Hall.

Vielleicht unterschied sie sich von Zoe gar nicht so sehr im Hinblick darauf, wie sie ihre Zeit verbrachte. Nein, das war nicht der Fall. Edith hatte keinen »Plan«; sie konnte sich am selben Tag sehr leicht von einer Sache zur anderen umentscheiden. Wenn Edith einen Psychiater aufgesucht hätte (wie Zoe), hätte sie natürlich eine feste Zeit einhalten müssen. Und er wäre zu einem Teil des Musters geworden, das in kühner Erhabenheit hervorgetreten wäre. Sie hatte sich tatsächlich überlegt, eine Therapie anzufangen, eine der milderen Formen, jedenfalls keine so strapazierende Behandlung wie die, der Zoe sich unterzog. Aber ehrlich gesagt konnte sie sich nicht vorstellen, was sie ihm zu erzählen gehabt hätte. Oder ihr. In Anbetracht des Verlusts ihrer Mutter wäre eine Frau vielleicht hilfreicher gewesen (obwohl der Instinkt ihr sagte, daß das Geschlecht des Therapeuten vermutlich unerheblich war). Was Zoe anbelangte, so wußte Edith, daß ihre Freundin auf ihren Therapeuten reagierte, als wäre er ihre Mutter, was Zoe bedauerlicherweise nicht klar war. Zoe hätte es vielleicht geholfen, wenn sie sich dessen bewußt gewesen wäre. Denn in deren Fall lagen die Gründe für ihr Unglücklichsein in der Kindheit. Zoe machte ständig neue Entdeckungen über sich und zog – Ediths Meinung nach – ziemlich unwahrscheinliche Schlüsse daraus. Das machte Edith nicht mißtrauisch gegenüber der Psychoanalyse, sondern gegenüber Zoe.

Aber Edith selbst? Welche komplexen Beziehungen hatte sie, die eines Arztes bedurft hätten, um sie zu entwirren? Ihr fiel keine einzige ein. Wenn sie unglücklich war, war sie sich über den jeweiligen Grund vollkommen im klaren. Und sie bezweifelte aufrichtig, daß sich jenseits ihrer bewußten Wahrnehmung – vom Tod ihrer Mutter oder von Marchbanks Verhalten – ein geheimes Seelenleben abspielte, das ein ganz anderes Muster zum Vorschein gebracht hätte, nämlich ein seit langem latent vorhandenes Unglück.

Die Tage, die Tage. Es war fast zwei Wochen nach dem letzten Tee mit Archie Marchbanks, als Edith auf dem lackierten Stuhl saß, der inzwischen immer so stand, daß man auf den Garten hinausschauen konnte. Sie hatte das gestickte Gartenbild ihrer Mutter aufgenommen und ließ die Finger über die goldenen und grünen Fäden gleiten. Sticken wäre zumindest eine Beschäftigung, die sie wieder anfangen könnte. Sie stellte den Rahmen weg und machte sich auf die Suche nach ihrer eigenen Arbeit, die sie in den vergangenen Wochen kaum mehr angerührt hatte. Die Arbeit ihrer Mutter war wesentlich besser als ihre eigene. Edith hatte nicht die tiefe Liebe zu Farbe und Form, die ihre Mutter zu einer wahren Impressionistin, einer Art Pointillistin, gemacht hatte. Ihre Mutter hatte sich, ebenso wie Miss Vole, mit aller Hingabe der Stickkunst verschrieben.

Edith erinnerte sich wieder daran, wie die beiden in dem Kissengeschäft gestanden und über Hohlsaumstickerei geredet hatten. Als sie nach fast einer Stunde zurückgekommen war, redeten sie immer noch darüber und standen am selben Platz wie zu dem Zeitpunkt, als Edith sie verlassen hatte. Es war, als hätte es buchstäblich nichts anderes auf der Welt gegeben als Hohlsaumstickerei, nichts, was ihrer Aufmerksamkeit wert gewesen wäre. Gütiger Himmel, Miss Vole hatte sich sogar eine Umgebung gewünscht, in der niemand *sprechen* dürfte, und war bereit gewesen, dafür in ein Kloster einzutreten.

Edith war nicht von solcher Geistesart. Das war der tiefere Unterschied zwischen ihnen. Sie war viel zu rational. Auch wenn sie – im Gegensatz zu Zoe – keine Probleme hatte, die ihr an jeder Ecke auflauerten, empfand sie sich als ziemlich tiefgründig. Es war dieser rationale Zug ihres Denkens, der sie für alles Heuchlerische und Seichte sensibel machte – weshalb sie auch David Craels Arbeit nicht mochte. Dennoch hielt sie ihm zugute, daß er die Heuchelei auf eine außerordentlich hohe Ebene erhob, so daß sie fast in Ehrlichkeit umschlug. Er hatte sehr wenig zu sagen, aber das brachte er meisterhaft zum Ausdruck. Aber war das wirklich möglich? Er war ein Rätsel. Hielten diese Gedanken über David Crael nur ähnliche Gedanken über Archie Marchbanks in Schach?

Edith hatte lange an der offenen Terrassentür gesessen, so lange, bis der Tag in Dämmerung überging. Sie sah auf ihre Stickerei hinunter, die eine Sternennacht darstellte, und fragte sich, was sie wohl dazu bewegt habe, eine so schwierige

Arbeit zu versuchen: das mit Säulen versehene Haus, die beleuchteten Fenster und dieser Himmel, alles in Petit-point- und Gobelin-Stickerei ausgeführt. Gewöhnlich machte sie Plattstickerei. Sie experimentierte gern mit welligen Linien und Metallgarnen wie Japanischem Gold, deren Wirkung aus dem Eindruck des »Billigen« bestand. Das brachte sie ein wenig zum Lächeln; genau das hatte sie über David Craels Stücke gedacht. Oder vielleicht war es genau das, was sie über Archie Marchbanks *nicht* zu denken versuchte.

Nirgendwo stand etwas über die »Voraufführungen« des Stücks, weil es keine gegeben hatte. Wenn es David Crael gelungen war, sein Stück so geheimzuhalten, wie sie annahm, dann würde es erst heute, am Dienstag, im Theaterteil der Zeitung angezeigt werden. Es war schwer zu glauben, daß das Stück ohne vorhergehende Bekanntmachung herauskommen konnte, aber so war es. In keiner der Tageszeitungen, die sie las, war es erwähnt worden. Das Stück würde auftauchen wie ein Geist aus der Flasche, um sowohl Kritiker als auch Theaterbesucher zu verblüffen. Sie hätte zynisch sein und sagen können, daß genau darin David Craels Trick bestände, um noch mehr Aufsehen zu erregen. Aber irgendwie glaubte sie das nicht; sie glaubte, was Marchbanks über Craels Wunsch der Geheimhaltung des Stücks gesagt hatte. In seiner ganzen Arbeit entdeckte Edith eine Liebe zum Geheimen. Möglicherweise versperrte dieser Zug zum Undurchsichtigen den meisten Leuten schließlich den Zugang zu seinem Werk.

Sie legte den Rahmen mit der Sternennacht beiseite und ging in die Küche, um die Zeitung zu holen, die sie beim Beschneiden der Blumen zum Abdecken der Theke benutzt hatte. Sie wischte die Blumenabschnitte beiseite, fand die Veranstaltungsseite und nahm sie mit hinüber zu ihrem Platz am Fenster. Dort war noch genügend Licht, um mit der Brille zu lesen. Ja, da war es: »Ein neues Stück von David Crael.« Es hieß *Anderswo,* die Art von Titel, die zu vieldeutigen Auffassungen von Ort und Zeit einluden, genau die Art, die sie bei David Crael erwartet hatte. Darunter stand in größeren Lettern »Archie Marchbanks« und »Nell Tuitt«. Die erste Aufführung war heute gewesen, wie er gesagt hatte. Die Mittwochs-Matinee, samstags zwei Vorstellungen. Edith riß die Anzeige aus dem Theaterprogramm, damit sie die Telefonnummer hatte. Sie hätte gleich anrufen sollen, aber sie wußte, die Nummer der Theaterkasse wäre lange besetzt. Es war besser, am Morgen anzurufen, sobald die Theaterkasse öffnete.

Vielleicht war das übereilt; vielleicht hatte er durchaus die Absicht, ihr eine Karte zu besorgen, vermutlich mehrere, damit sie auch Freunde mitnehmen könnte. Vielleicht plante er sogar eine Premierenparty und würde sie einladen. Vielleicht, vielleicht ...

Sie senkte den Kopf, legte ihn in die Hand und sah in den Garten hinaus, wo ein plötzlicher Lichtstrahl die alte verwitterte Statue weiß aufleuchten ließ und zwei Rotkehlchen auf dem Rand des Vogelbades saßen. Ob die Katze wohl immer noch in ihrem Versteck lauerte? Sie hatte nicht gesehen, daß sie sich gerührt hätte.

Edith seufzte. *Ich glaube nicht, daß es Ihnen gefallen würde, Edith.* Nein, es würden keine Karten an der Kasse für sie liegen. Wie sehr sie sich auch wünschte, sie hätte nichts über die *Mausefalle* und ihr kindisches Spiel gesagt, das sie als Schutz vor Veränderungen benutzte. Das hätte sie verschweigen sollen, wenn sie auch sonst wenig verschwieg. Und in der Tat fand sie, daß sie innerhalb der Grenzen des guten Geschmacks tatsächlich wenig verschwiegen hatte. Warum konnte sie die Beziehung nicht auf dieselbe lockere Weise handhaben, die er an den Tag gelegt hatte? Denn Marchbanks

– so stellte sie jetzt fest – war ein geschickter Unterhalter, einer, der die Kunst des Zuhörens so verfeinert hatte, daß man den Eindruck gewann, er selbst hätte den Hauptteil der Unterhaltung bestritten. Archie Marchbanks war auf der Suche nach ... was? Nach nichts, vermutete sie, außer nach einer Möglichkeit, ein paar langweilige Nachmittage zu überstehen, ohne irgendwelche Verpflichtungen einzugehen.

Sie fühlte sich ausgesetzt, selbst auf die Bühne gestellt, während all die Augen sie anstarrten. Ihr Gesicht war heiß. Aber blaß vor Hitze. Glühend vielleicht, wie die Statue mit den blinden Augen.

11

Als Zoe von dem Stück erfuhr und hörte, daß Edith eine Karte für Donnerstagabend hatte, fragte sie, warum Edith nicht zwei Karten besorgt habe, da sie doch wissen müsse, wie sehr sie sich danach sehnte, es zu sehen. Edith erklärte ihr, daß sie das nicht gewußt habe, da Zoe selten ins Theater gehe. Ganz abgesehen davon habe es keine Karten mehr für zwei Plätze nebeneinander gegeben, nicht einmal für die Matinee. Wenn Zoe allerdings allein auf einem anderen Platz sitzen wolle ...?

Natürlich sagte Zoe, daß sie nicht allein sitzen wolle. Keinesfalls. Zoe gehörte zu den Frauen, die niemals allein ausgehen würden, die in Restaurants nicht allein essen und nicht allein ins Theater oder Kino gehen konnten. In Galerien, ja, aber dort war jeder mehr oder weniger »für sich« und ging umher, um sich nach eigenem Belieben die Bilder und Skulpturen anzusehen.

Edith wußte, daß sie ablehnen würde. Es wäre zweifellos möglich gewesen, für diesen Donnerstag zwei Karten zu bekommen, da sie vor einer Woche angerufen hatte, aber sicherlich keine zwei Plätze, die so gut gewesen wären wie ihr einzelner. Ihr Platz befand sich in der vierzehnten Reihe am Gang, ein Glücksfall. Und sie wollte niemanden dabeihaben, wenn sie es zum erstenmal sah. Sie war sicher, daß sie es sich öfter als einmal ansehen würde, und im Lauf der Zeit wäre es einfacher, Karten zu bekommen. Vielleicht würde sie Zoe dann einladen. Zoe gehörte zu den Leuten, denen man immer für etwas Wiedergutmachung leistete, obwohl man sich nichts vorzuwerfen hatte.

Es war Donnerstagabend, und Edith fand sich eingeklemmt zwischen einer Frau in einem hautengen schwarzen Jerseykleid und einer anderen, die zu viel von einem schweren, erdigen Duft aufgelegt hatte. Es handelte sich um die Begleiterinnen von Männern, die ziemlich grellfarbene Westen trugen, und alle sprachen von David Crael und seinem *œuvre*. Die Frau in Schwarz benutzte dieses Wort tatsächlich. Edith hatte das Wort noch nie jemanden sagen hören, war aber sicher, daß die Frau es falsch aussprach. Die vier waren große Bewunderer, aber Edith bezweifelte, daß David Crael in ihrer Nähe hätte sein mögen oder in der Nähe von irgend jemandem, der von seinem *œuvre* sprach, möglicherweise in der Nähe von niemandem, der überhaupt über ihn sprach. Edith lächelte und erinnerte sich an Archie Marchbanks Bemerkungen über »Verschwiegenheit«.

Das machte sie David Crael gegenüber geneigter, als sie es sonst gewesen wäre (auch gegenüber seinem *œuvre* – das nicht groß war, da dies erst sein drittes Stück war). Auch wenn sein Stück unverständlich wäre, glaubte sie, daß er es absolut ernst nahm. Man konnte sich darauf verlassen, daß er sein Publikum nicht absichtlich hinters Licht führte.

Die Klingel ertönte zum ersten Akt; Edith wurde von den Menschen, die sie auf allen Seiten umringten, vorangeschoben. Sie fragte sich flüchtig, ob jemals ein Mensch von einer Theatermenge zu Tode getrampelt worden wäre. Nicht nur im Foyer war es eng, sondern auch von draußen drängten die Leute herein, die auf dem Gehsteig standen. Als sie schließlich auf ihrem Platz saß, war sie froh, daß dieser sich auf der Gangseite befand, denn sie konnte einen Moment lang die Beine ausstrecken.

Die Lichter gingen aus, die Leute husteten, Programme raschelten, und ›wie es schien‹ hielten alle den Atem an. Das Publikum schien zu wissen, daß es sich um das »Bühnenereignis« des Jahres handelte, ohne von den Kritikern darüber aufgeklärt worden zu sein. Kritiken beeinflußten immer ihre Reaktion auf ein Stück; daher war sie froh, daß sie keine gelesen hatte.

Der Vorhang hob sich und zeigte eine Ecke eines öffentlichen Parks mit synthetischem grünem Gras und glänzend belaubten Bäumen, alles gleichmäßig von hellem Sonnenlicht beschienen. Nichts an dem Grün und Gold war so übertrieben, daß es abgelenkt hätte, doch die offenkundige Künstlichkeit schien auf eine tiefe symbolische Bedeutung hinzuweisen. Edith bemerkte, wie kunstvoll die Eibenhecke im Bühnenhintergrund beschnitten war; ein perfektes Fleur-de-Lys-Relief verlief über deren Oberseite, das aus winzigen Blättchen herausgeschnitten war. Die Primeln und Petunien waren so überaus hübsch, daß sie wie gemalt aussahen. Und erst der Himmel! Ein solches Blau hatte Edith noch nie gesehen – ein so tiefes, so falsches Blau. Alles in allem wirkte das Bühnenbild irgendwie stilisiert und unwirklich auf sie. Edith mochte aufwendige Bühnenbilder: Straßenlampen, die in die Nebelschwaden eines viktorianischen Dramas ihre Lichtkegel warfen oder all das Gold und den Samt bei irgendeiner höchst verwickelten Komödie des 17. Jahrhunderts. Selbst ein mittelmäßiges Stück konnte (wenn auch nicht ganz) durch die verwirrenden Einzelheiten eines ausgefeilten Bühnenbilds aufgewertet werden.

Es war genügend Zeit, das Bühnenbild zu betrachten, sich zu entscheiden, ob es einem gefiel oder nicht; Edith gefiel es überhaupt nicht. Es vermittelte ihr ein unbehagliches Gefühl, auch den Schauspielern mußte es unangenehm sein. Es gab ihnen keinerlei Halt. Keine weichen Kissen, auf die sie hätten sinken können. Hilflos – und so gut sie konnten – mußten sie improvisieren, und das war vielleicht sogar die Absicht des Stücks. Nachdem sie Craels letztes Stück gesehen hatte, hatte sie sich gefragt, ob er seine Figuren haßte, und war zu dem Schluß gekommen, daß das sehr wohl zutreffen könnte. Edith warf einen Blick ins Programm, um zu sehen, ob der Schauplatz wechselte. Bis zum dritten Akt gab es keinen Wechsel – und auch dann erst in der dritten Szene. Fast den ganzen Abend lang würde sie auf diesen bedrückenden kleinen Park schauen müssen.

Entlang des leicht geschwungenen Weges, der an einem trockenen Brunnen aus Zement vorbeiführte, standen drei Eisenbänke. Nell Tuitt (die im Stück Julia hieß) saß auf einer davon und las ein Buch. Archie Marchbanks (Neil Archer) saß ihr gegenüber auf der anderen Seite des Weges; er las eine Zeitung und aß ein Sandwich. Volle zwei Minuten war nichts zu hören als das Rascheln der Zeitung und der Buchseiten, die umgeblättert wurden. Es war verblüffend, wie lange eine Minute dauern konnte, dachte Edith. Sie schien endlos zu sein, was einer von Craels beabsichtigten Effekten war – die Zeit entweder stillstehen zu lassen oder sie zu beschleunigen. Die Stille erzeugte eine große Spannung.

Die Handlung nahm ihren Anfang, als Julia stirnrunzelnd über ihr Buch hinweg auf den Mann auf der anderen Bank blickte. Das Stirnrunzeln ging in ein – offensichtlich freudiges – Staunen über, als sie auf die Rückseite des Bucheinbandes und dann wieder auf den Mann sah. Es mußte derjenige sein, der auf der Rückseite des Buches abgebildet war. Nachdem sie das Buch in den Schoß gelegt hatte, schien sie mehrmals zum Sprechen ansetzen zu wollen. Schließlich tat sie es, wobei in ihrer Stimme zugleich Freude, Schüchternheit und Ehrfurcht mitschwangen. Ja, sie hatte recht gehabt; ja, es war Neil Archer. Als feststand, daß sie den berühmten Romancier vor sich hatte, und sie zu reden versuchte, klang es, als wäre ihre Zunge geschwollen; sie verhedderte sich in den Worten, zu denen sie sich offensichtlich gezwungen sah – Ausdrücke der Bewunderung und Dankbarkeit für seine wundervollen Bücher. An ihren fahrigen Bewegungen und ihrer stockenden Redeweise wurde deutlich, daß Julia wußte, wie banal sie sich anhörte, daß sie selbst jedoch keineswegs banal, sondern intelligent und verständnisvoll war. Die Art und Weise, wie Nell Tuitt dies zum Ausdruck brachte, war großartig, weil der tatsächliche Text, ihre Worte, platt klangen und eher Gemeinplätze waren.

Archer hingegen zeigte sich umgänglich und freundlich. Aber natürlich war er ja auch der Gegenstand all dieser Bewunderung. Marchbanks schöne Stimme klang zutiefst aufrichtig. Neil Archer war reich, er war beliebt, er wurde von den Kritikern geachtet, und er war ein einfacher Mann. Nahm er schließlich nicht sein Mittagessen hier auf einer Parkbank ein?

»Möchten Sie was?« fragte er Julia und hielt die braune Tüte hoch. »Es ist Käsesalat – wie der alte Witz über den Burschen, der Käsesalat haßte ...«

»Was für ein alter Witz?«

»Oh, Sie wissen schon. Ein Mann beklagt sich ständig, daß in seinem Lunchpaket immer Käsesalat sei ...« – Archer wikkelte ein Sandwich aus – » ... und wenn sein Freund ihn fragt, warum er es sich nicht selbst zurechtmache, antwortet er: ›Das tue ich ja.‹« Er hob den Kopf, um in den blauen Himmel zu sehen. »Der Witz hat in meiner Darstellung irgendwie verloren.«

Julia lachte. »Ja, den Witz habe ich schon gehört.«

Archer sagte: »Ich frage mich, ob er möglicherweise nicht die höchste Form der Kontrolle über eine Situation darstellt.«

»Oder daß er mehrere Pfund Käsesalat zu Hause hat.«

Edith lächelte. Sie mochte Julia, das war eine Person mit Sinn fürs Praktische. Und ihr gefiel Nell Tuitts Fähigkeit, so viel Einfühlungsvermögen zu vermitteln.

Das Gespräch wurde auf diese Weise fortgeführt; zum großen Teil war es scheinbar eine gewöhnliche Unterhaltung zwischen zwei Fremden, die sich gerade erst kennengelernt hatten. Es schien, daß sie viel gemeinsam hatten, aber natürlich hatten sie (wie Edith wußte) nichts gemeinsam, was David Crael ihnen nicht gestatten würde. Sie verspürte einen Anflug von Trauer, der leicht und schnell über sie hinwegstrich, als hätte ein Windstoß ihr Haar zerzaust.

Nein, sie hatten keine Gemeinsamkeit. Edith betrübte das.

Es gab zwei Pausen, was heutzutage ungewöhnlich war. Der Beifall am Ende des ersten Akts war – wie erwartet – tosend. Es war fast eine Erleichterung, sich aus der ungeheuren Spannung lösen zu können, die diese beiden Schauspieler erzeugt hatten, fortzukommen und draußen auf dem Bürgersteig eine Zigarette zu rauchen oder an der Bar etwas zu trinken.

Edith hatte die Voraussicht besessen, ihren Gin Tonic vor dem ersten Akt zu bestellen, und fand ihn nun auf einem Ecktisch vor mit einem Zettel, auf dem ihr Name stand. Ihr Mund war trocken; sie war durstig von der Aufregung, Archie auf der Bühne zu sehen. Dennoch lächelte sie und sah sich in dem überfüllten Raum um, der voller Stimmengewirr, Brandy trinkender Leute und fast blau vor Rauch war. Was diese Leute wohl gesagt hätten, wenn sie gewußt hätten, daß die einsame Frau in der Ecke Archie Marchbanks auf fast die gleiche Weise kennengelernt hatte wie Julia Neil Archer und daß die beiden sich – genau wie Edith und Archie es getan hatten – wahrscheinlich weiterhin treffen würden.

Doch selbst nach dieser Erkenntnis hatte Edith es nicht kommen sehen.

Erst nach etwa der Hälfte des zweiten Akts kam ihr plötzlich alles auf unheimliche Weise bekannt vor. Bis zu diesem Augenblick war ihr nur die Ähnlichkeit zwischen Archie auf der Bühne und Archie in ihrer Wohnung aufgefallen. Erst als Archer zu Julia sagte: »Ich denke daran, es aufzugeben; ich denke daran auszusteigen«, erstarrte Edith auf ihrem Sitz, und ihre Hände umklammerten die Lehnen.

»Oh nein. Oh, das dürfen Sie nicht«, klagte Julia.

»Ich wäre zur Abwechslung gern einmal anonym. Manchmal – glaube ich – wäre ich gern ein Verkäufer, der am Ende des Tages nach Hause gehen und fernsehen könnte.«

Julia empfand mit ihm; Julia verstand. Archers Verlangen nach Anonymität glich dem Durst, den andere nach Berühmtheit hatten. Immer gab es diesen Hunger, jemand anders sein zu wollen – ist es nicht tatsächlich so?

Edith wollte aufspringen. Aber irgend etwas hielt sie fest. Ihr kam der aberwitzige Gedanke, daß alle im Publikum Bescheid wüßten, wenn sie plötzlich hinausgehen würde. Daß alle Blicke, die auf Neil Archer gerichtet waren, sich dann auf sie richten würden. Was sie auf ihrem Sitz festhielt, war Entschlossenheit: Sie würde sich nicht vertreiben lassen! Entschlossenheit und kein geringes Maß an gesunder Neugier. Sie beobachtete die beiden Schauspieler mit einer Art fasziniertem Schrecken.

Wie weit würde er gehen? Wie weit war er mit ihr *gegangen*?

»Ich steige gern in einen Doppeldecker«, fuhr Neil Archer fort, »und fahre dorthin, wohin er mich bringt. Eine ziellose Fahrt. Ich bin gern ein Gesicht in der Menge. Aber wenn eine solche Gestalt in einem Buch oder einem Stück auftauchte, nun, dann würde sie wohl ihren Zweck verfehlen, nicht wahr? Oder eher die Zwecklosigkeit. Letzten Endes lügt die Kunst, nicht wahr?«

In Ediths Gegenwart hatte Marchbanks solche hochgestochenen Gefühle nicht geäußert. Denn wenn Edith ihm auf dieser Bank gegenübergesessen hätte, hätte sie gesagt: »Was für ein Unsinn« oder »Wie ermüdend.« Aber das machte die Ähnlichkeit zwischen den beiden Situationen nicht weniger verblüffend. Er hatte derartige Gefühle nicht ausgedrückt, weil er dazu nicht ermutigt worden war. Die analytische Seite von Ediths Verstand funktionierte immer noch – trotz des Aufruhrs ihrer Empfindungen. Und diese Seite wunderte sich, wie David Crael Neil Archer derart seichte Worte in den Mund legen konnte. Aber vielleicht ging es genau darum. Es war so leicht, Julia einzuwickeln. Julia bat Archer, die Sache zu überdenken, bat ihn, nicht aufzugeben. Es wurde noch eine Menge über Kunst geredet; Archer deutete an, daß sie beide möglicherweise »Gestalten im Roman eines Auftragsschreibers« wären.

Nach einem Augenblick des Schweigens sagte Julia: »Oh, aber das sind wir nicht.«

Das war das Ende des zweiten Akts. Edith war dankbar, daß sich ihr Platz am Gang befand, so wurde sie von den Leuten, die an ihr vorbei zur Bar strömten, nicht sonderlich gestört. Nur das Paar auf den Nebensitzen zwängte sich an ihr vorbei; die anderen in der Reihe gingen in die entgegengesetzte Richtung hinaus.

Sie blieb sitzen. Ihr Gesicht brannte; ihr ganzer Körper brannte. Sie würde den Beginn des dritten Akts vorhersagen können, das Ende allerdings nicht. Sie mußte einfach abwarten, was sich ergeben, was David Crael daraus machen würde.

Beim nächsten Treffen im Park sah Archer gequält aus, als er sagte: »Ich werde Sie eine Weile nicht wiedersehen; ich muß auf eine dieser Lesereisen, die Siebzehn-Städte-in-einer-Woche-Tour. Sie wissen, wie das ist.«

Julia brauchte einige Zeit, um zu antworten. »Nein, eigentlich nicht.« Ihre Enttäuschung war buchstäblich mit Händen zu greifen.

Im Programm stand: »ZEHN TAGE SPÄTER.« Es war die zweite Szene im dritten Akt. Julia saß auf derselben Bank und hielt ihre Handtasche im Schoß umklammert. Es gab nichts, was sie sagen konnte; es gab niemanden, dem sie es sagen konnte. Die Tour sollte eine Woche dauern; die Woche war vorbei. Edith sah auf die Profile auf der anderen Seite des Gangs; die Gesichter wurden vom gleißenden Bühnenlicht rätselhaft beleuchtet. Was sie wohl dachten, und ob sie verstanden, daß Neil Archer nicht zurückkehren würde? Und verstanden sie, warum nicht? Edith verstand es nicht. Überhaupt nicht.

Die Schlußszene war diejenige, in der das Bühnenbild wechselte. Der Vorhang senkte sich, aber die Lichter gingen nicht an. Im Theater herrschte tiefe, angespannte Stille. Der Vorhang hob sich und Julia stand in einer Buchhandlung vor einem Stapel neuer Romane, einer Art Pyramide, die nur einen Titel enthielt: Archers neuestes Werk. Und da waren die beiden anderen Schauspieler, ein Verkäufer und ein Kunde. Julia nahm ein Buch aus der Pyramide und öffnete es begierig.

Mit plötzlichem Erschrecken wußte Edith, was in dieser Szene geschehen und wie das Stück enden würde.

Julia hatte das Buch geöffnet und ein bißchen darin gelesen, einen anderen Teil aufgeschlagen und ein wenig weitergelesen. Und noch weiter. Es war erstaunlich, daß selbst aus der Entfernung der vierzehnten Reihe und vermutlich auch auf dem hintersten Sitz des Theaters die Verwandlung von Nell Tuitts Gesicht zu erkennen war. Edith glaubte, sie könne sogar an dem Wandel des Ausdrucks auf Nell Tuitts Gesicht deren wachsende Einsicht wahrnehmen, daß sie benutzt worden war. Und das Entsetzliche daran war nicht, daß er seine und Julias Begegnung in einem Buch beschrieben hatte, sondern daß er das Buch geschrieben hatte, bevor sie sich kennengelernt hatten. Archer hatte ihr Drehbuch geschrieben.

Dann erweiterte sich das Bühnenbild zu einer blendenden Flucht von Spiegeln, in denen die Gestalt der Julia bis ins Unendliche reflektiert wurde. Es war eine ziemliche Zurschaustellung bühnentechnischer Möglichkeiten, aber Edith fragte sich, ob diese Symbolik wirklich notwendig sei. Hatte Julia (mit Nell Tuitts Hilfe) das Entscheidende nicht bereits deutlich gemacht? Im Hintergrund gab es Anzeichen für ein Gewitter, das nicht ausbrechen wollte, das Grollen von Donner, der Widerschein von Blitzen, das Echo fallenden Regens.

Edith ging, als der Vorhang fiel, wiederum froh, daß sie am Gang saß. Sie wollte nicht bleiben, um den Beifall zu hören. Als sie ihren Mantel holte und der Garderobiere eine Pfundnote hinlegte, hielt der Beifall immer noch an. Sie hörte ihn noch nachhallen, als sie aus dem Theater in den Regen hinausging, der wie gläserne Ruten herunterschlug. Selbst in dem Regen, der auf den Gehsteig prasselte, konnte sie den Beifall nach hören – zumindest glaubte sie das.

12

Um Mitternacht saß Edith auf dem lackierten Stuhl, trank heiße Milch mit einem kräftigen Schuß Cognac und schaute auf den dunklen Garten hinaus.

Was hatte Marchbanks getan? Er konnte doch keinen Text schreiben, den David Crael bereits geschrieben hatte. Wenn das Stück also schon geschrieben war, wozu hatte das Experiment mit ihr dann eigentlich gedient? Was hatte Marchbanks zu erfahren gehofft? Hatte er sich diese Scharade in dem Augenblick ausgedacht, als sie in Mrs. Dawsons Teestube an seinen Tisch gekommen war? Hätte er vielleicht rauskriegen wollen, wie überzeugend er in der Rolle wäre? Hatte er sehen wollen, ob es »funktionierte«? Bestimmt nicht. Archie Marchbanks wußte, daß er überzeugend sein würde; das mußte er nicht an einer Unbekannten ausprobieren.

Im Gegensatz zu Julia hatte Edith nicht auf eine Weise auf ihn reagiert, die er als nützlich empfunden hätte. Es war nicht das gewesen, was er brauchte; und vermutlich brauchte er, was Archer von Julia brauchte. Aber was genau war das? Edith wußte nicht, was er wollte; Julia hätte es genausowenig gewußt, aber zumindest hatte Julia ihren »Text« wundervoll gesprochen; ihre Reaktion auf Neil Archer war auf beruhigende Weise vorhersehbar.

Ediths eigener Text ließ sich nicht so einfach vorhersagen. Worauf Marchbanks auch aus gewesen sein mochte – sicherlich nicht auf gesunden Menschenverstand, nicht auf Ediths »Ich glaube Ihnen nicht«.

Nach diesem Stück zu urteilen war gesunder Menschenverstand das letzte, worauf jemand aus war. Und sie war sich ziemlich sicher, daß dieses Stück unter dem Gewicht seiner Vieldeutigkeit und seiner verstiegenen Egozentrik zusammenbrechen würde. Es würde nur so lange laufen, wie Archie Marchbanks da war, um es über Wasser zu halten. (Und Nell Tuitt, wir wollen sie nicht vergessen, gütiger Gott.) Archie würde etwas Neues machen wollen, das war bei Schauspielern so üblich.

13

Ein Jahr später zeigte es sich, daß Edith recht gehabt hatte. Sie konnte einfach nicht anders, als im Feuilleton ihrer Zeitung die Theaternachrichten zu verfolgen. Archie Marchbanks probte für ein neues Stück, kein Stück vom selben Kaliber wie dasjenige von David Crael, sondern ein Stück, das nur mit Mühe und Not erfolgreich sein würde.

Sie hatte die *Mausefalle* aufgegeben. Jenes Spiel, das sie mit sich selbst gespielt hatte, reizte sie nicht mehr. Es war ein Geheimnis zwischen Edith und Mrs. Parteger gewesen, und nachdem das Geheimnis ausgeplaudert worden war, hatte es seinen Reiz verloren. Aber mittwochs ging sie weiterhin zu *Mrs. Dawson's,* manchmal auch sonntags. Es beunruhigte sie, als sie bemerkte, wie oft sie jemand anderen fälschlicherweise für Marchbanks hielt, denn er sah keineswegs durchschnittlich aus. Jemanden, der in South Ken gerade in einen Green-Line-Zug sprang, jemanden, der hinter einem Restaurantfenster eine Zeitung las, während sie vorbeiging, oder jemanden, der auf der St. Martin's Lane um die Ecke bog. Denn es ließ sich nicht vermeiden, daß Edith ins West End ging, wenn sie ein Stück sehen wollte. Und dabei kam sie bisweilen an dem Theater vorbei, wo die Proben zu Archies neuem Stück stattfanden. Die riesigen schwarzen Lettern seines Namens auf der Markise waren größer als der Titel des Stücks.

Wenn sie auf die großen Plakate sah, auf die Fotos von Archie Marchbanks, fragte sie sich unwillkürlich, wie sich wohl alles entwickelt hätte, wenn sie ihren Text richtig vorgetragen hätte, wenn sie eine bessere Schauspielerin gewesen wäre. Sie war nicht gut genug gewesen; sie war nicht Julia gewesen.

Der Zug fährt ab

1

Sie hatte vom Bahnhof gesprochen, und er hatte sich, wie gewöhnlich, nicht einmal den Anschein gegeben, als höre er zu. Seine Aufmerksamkeit war ausschließlich auf sein Essen gerichtet, seine Gabel zielte auf das Lammkotelett, als wolle er ihm den Krieg erklären. Die Konzentration, mit der er auf seinen Teller losging, ließ keinen Raum für »neckisches Geplänkel« (wie er das meiste ihrer Unterhaltung zu bezeichnen pflegte). Wenn sie ihn jedoch beschuldigen würde, er höre nicht zu, würde er behaupten, natürlich habe er das getan, kein Wort sei ihm entgangen. Und dann würde er wieder sein ausgesucht spöttisches Gehabe an den Tag legen, Messer und Gabel ablegen und sie mit weit aufgerissenen Augen anstarren, als wolle er sagen: *Ist es das, was du willst?*, wodurch sie wie fordernd und zänkisch erschiene.

Es war eine ihrer langen, späten Mittagsmahlzeiten, und sie fragte sich, warum sie die eigentlich beibehielten, da sie sich doch gegenseitig so sehr auf die Nerven gingen. Er aß gewöhnlich etwas Schweres und erklärte, daß es gleichzeitig als Abendessen diene. Auf diese Weise erspare er sich die Mühe, später noch einmal auszugehen. Der Hauptgrund, warum er das späte Mittagessen vorziehe, ergebe sich aus der Zeiteinteilung seines Schreibens: Er beginne gern um neun und arbeite den frühen Nachmittag hindurch. Nach einer Mahlzeit könne er nicht schreiben, daher schiebe er das Essen bis drei oder vier auf.

Sie hatte sich einen gemischten grünen Salat bestellt, aber da sie in einem französischen Restaurant waren, wurde er auf der Speisekarte nicht als solcher bezeichnet: Die Beschreibung des Salats war kompliziert und hochtrabend. Sie fragte sich, wie man es schaffte, Grünpflanzen im »Baby«-Alter zu ernten. Hatten die denn auch ein Jugend- und ein Erwachsenenalter? Doch so sehr die Speisekarte auch versuchte, den Salat zu veredeln, es blieb dennoch ein »gemischter grüner Salat«.

Als Vorspeise hatte er sich Muscheln bestellt, die auf vielfältige Weise bearbeitet worden waren, einschließlich Sautieren und Beizen. Sie wußte nicht, daß man so was mit Muscheln machte. Sie hatte sich Tomatensaft bestellt. Ohne von seinem Muschelgericht aufzublicken, hatte er sie gefragt, wie ihr Tomatensaft schmecke, als könne man mit Tomatensaft etwas wirklich Interessantes anstellen. Die Frage *Wie ist das?* oder *Wie war jenes?,* die bei jedem Essen wiederholt wurde, war einer seiner wenigen Beiträge zur Unterhaltung. Für ihn war es eine obligatorische Frage, die sein Interesse an ihrem Wohlergehen demonstrierte. Sie wurde immer wieder zu den verschiedenen Gerichten gestellt, zuweilen mehrmals im Lauf einer Mahlzeit, wodurch er seine Schuldigkeit hinsichtlich des Gesprächs getan hatte.

Der Ober brachte den Wein, und er diskutierte mit ihm über den Jahrgang und die Lage, wobei er in rasend schnellem Französisch sprach. Nachdem der Ober ihm einen Fingerhut voll zum Probieren eingeschenkt hatte, wurde der Wein als sehr gut bezeichnet: »Bon, bon«. Das Etikett sagte ihr, daß es sich um einen Hermitage handelte, einen jener Rotweine, die er so liebte. Er wählte immer gut und gab daher eine Menge Geld dafür aus. Dies war sein Lieblingsrestaurant, und zwar wegen der Weinkarte. Er hatte Monate in Burgund, Mersault, Chablis und Puligny-Montrachet verbracht, aber er sprach nie über die Reise als solche – über die Sitten, die Leute, die Landschaft. Oder besser gesagt: Er sprach nur insofern über die Landschaft, als es um die Hügel der Weinberge ging oder darum, wie ein paar Meter Boden den Unterschied zwischen einem guten und einem großen Wein ausmachen konnten. Aber er redete über solche Themen, als wüßte sie bereits vollkommen Bescheid, sie jedoch hatte keine Ahnung davon. Wie kam er bloß darauf, daß sie sich mit solchen Dingen auskannte, weshalb etwa ein bestimmter Weinberg einen *grand cru* hervorbrachte, in welchem Maß er Sonne und Kälte ausgesetzt war und welche besonderen Bodenverhältnisse dort herrschten? Das konnte sie sich einfach nicht vorstellen; daher warf er ihr wohl so oft vor, sie rede törichtes Zeug daher und sei dumm.

Bei einem anderen Mittagessen, an einem anderen Ort, hatte er endlos über Puligny, den Ursprung seines geliebten Montrachet, geschwafelt, als hätte sie mal in dem Dorf gelebt. Er hatte über Chablis gesprochen – *»Du kennst doch diese Lagen, die die besten Chardonnay-Trauben hervorbringen?«* –, und sie hatte ihn unterbrochen, um ihm zu versichern, daß sie nie in der Nähe von Chablis gewesen sei, nie in Burgund, nicht einmal in Frankreich, ob er das denn nicht wisse? Sie wußte, daß er es wußte, aber darauf nahm er keine Rücksicht. Und wenn sie dachte, sie könnte ihn vielleicht dazu bringen, die Dörfer und die Landschaft zu beschreiben, zuckte er nur die Achseln und erzählte irgendwas über seinen Mietwagen, der aufgrund des schlechten Straßenzustands zusammengebrochen sei.

Es war durchaus nicht so, daß er nie geredet hätte, im Gegenteil, er hatte geradezu *Anfälle* von Redseligkeit; die Worte kamen dann wie Windstöße daher, fegten herein, wirbelten herum und ließen für ein paar Augenblicke die Luft um sie erzittern. Der kurze Austausch mit dem Ober über den Croze-Hermitage war von solcher Art. Während der Mahlzeiten, die sie in vielen verschiedenen Restaurants mit ihm eingenommen hatte, hatte sie festgestellt, daß er fließend Französisch, Italienisch, Spanisch und vermutlich auch Deutsch sprach, da er auch ziemlich lange in Köln gewesen war. Aber das würde sie erst rauskriegen, wenn sie mal ein deutsches Restaurant besuchten. Als sie ihr Erstaunen über seine ungewöhnliche Fertigkeit in diesen Sprachen zum Ausdruck gebracht hatte, hatte er die Achseln gezuckt und gesagt, nun, man schnappe das halt so auf.

Der Hauptgang kam, und wieder erfolgte ein schneller Austausch in Französisch (der Kellner war glücklich, in seiner eigenen Sprache »plaudern« zu können). Nun, da ihre Speisen gekommen waren, durfte sie davon ausgehen, daß während des Essens keine Unterhaltung stattfände. Anstelle dessen würde er ihr nach einer gewissen Zeitspanne aufgezwungenen Schweigens die obligatorische Frage stellen. Da sie Salat bestellt hatte, würde er sie danach fragen.

Ihr Hauptgang – der Salat – begeisterte sie nicht; das Grünzeug war grün, auch wenn es in zartem Kindesalter gepflückt worden war, und das Dressing war zu scharf, zu essigsauer. Ihr war das egal; sie war ohnehin nicht hungrig gewesen. Sie wäre lieber ins Bahnhofscafé gegangen und hätte das überbackene Käsesandwich gegessen, das sie sich gewöhnlich bestellte. Der Bahnhof war einer jener recht hübschen Bahnhöfe aus dem neunzehnten Jahrhundert, und er gehörte zu den wenigen, in denen zur Jahrhundertwende die Bahnbeamten mit ihren Familien gelebt hatten. Der Gedanke, daß einst ein Teil des Bahnhofs von einer Familie bewohnt worden war, faszinierte sie. Er befand sich in der Nähe ihres eigenen großen Hauses, das ebenfalls aus viktorianischer Zeit stammte. Sie hatte ihr ganzes Leben in diesem Haus verbracht. Ihre Familie war klein gewesen, sehr klein, und inzwischen waren alle verstorben. Nicht nur ihr Vater und ihre Mutter – alle: die paar Tanten und Onkel, die wenigen Cousins und Cousinen. Merkwürdig. Es war fast so, als wäre ein Zug verschwunden, in dem alle versammelt gewesen waren. Wo *sind deine Späße geblieben? Dein Jauchzen, deine Lieder, deine ganze Fröhlichkeit?* Sie hielt den Atem an. Solche Gedichtfragmente fielen ihr oft ein; sie tauchten so plötzlich auf, daß sie zusammenzuckte.

»Wie ist dein Salat?«

Diesmal war sie auf die Frage nicht vorbereitet, und sie spürte, wie ihr die Tränen in die Augen stiegen. Tränen der Trauer und auch der Enttäuschung. Sie hätte ihn ohrfeigen können. Zumindest wollte sie sagen: *»Scheußlich, er ist scheußlich«,* aber das hätte ihn nur dazu bewogen, sie nicht weiter zu beachten oder ihr zu widersprechen. *»Meiner Ansicht nach sieht er ganz gut aus ...«* Irgendwas in der Art. »Gut«, antwortete sie, und er fuhr fort, seine Koteletts zu essen; vermutlich hatte er ihre Antwort gar nicht gehört, jedenfalls beachtete er sie nicht.

Beim Cocktail hatte sie versucht, ihn dazu zu bewegen, über Simbabwe zu erzählen. Aber genau wie sie es vorausgesehen hatte, hatte er ihr nur einsilbige Antworten gegeben. Schon kurz nachdem sie sich kennengelernt hatten, hatte sie herausgefunden, daß es sinnlos war, ihn über seine Reisen auszufragen, weil er sich nicht ausfragen ließ. Er machte immer nur ein paar Andeutungen über etwas Exotisches, das er gesehen habe. Wie etwa heute, als er zwischen dem Ende seines ersten Ganges aus Muscheln und dem Hauptgang aus Lamm das Schweigen mit der Bemerkung unterbrochen hatte, daß es im Amazonas Fische gebe, die Kühe verschlingen könnten. Sie wartete auf eine Erklärung für diese wundersame Tatsache, war sich jedoch völlig sicher, daß die nicht erfolgen würde. Er fuhr fort, sein Lamm zu essen.

Er schaffte es, in diese Gegenden zu reisen, ohne eine Vorliebe dafür zu haben (außer vielleicht für Burgund), und während des Schweigens, das den Hauptteil ihrer gemeinsamen Mahlzeiten auszumachen pflegte, ließ er plötzlich erstaunliche Bemerkungen über bestimmte Einzelheiten fallen, als berichte er über das Wetter draußen. Es war höchst eigenartig. Wäre er ein reizender Mensch gewesen, hätte dies das reizend unschuldige Verhalten eines Schuljungen sein können. Er war bloß nicht reizend. Und er hatte keinen Sinn für etwas, was man als »kindliches Staunen« bezeichnet. Er schien anzunehmen, daß beispielsweise jeder über Queztal-coati, die gefiederte Schlange, Bescheid wußte oder Silbaco, den Ziegenmelkervogel, kannte, der in den Wäldern des Amazonas heimisch ist. Und er sprach über diese Dinge, ohne näher darauf einzugehen. *Das* war es, was sie über alle Maßen wütend machte. Doch was half es schon, das zu »sagen«? Er brummte nur, zuckte die Achseln oder fand, sie sei »anstrengend« oder nehme alles zu wörtlich.

Nicht daß er diese Reisen geheimgehalten hätte, ganz im Gegenteil: Er redete wie jemand, der nichts zu verbergen hatte. Wenn sie wirklich wütend auf ihn wurde, konnte sie ihn ganz erbarmungslos ausfragen und eine perverse Lust daran entwickeln, wie er sich ihr entwand, auswich und ihre Fragen abschmetterte, die er wie abgeschossene Vögel auf den Tisch fallen ließ.

Sie hatten damals ein Floß bauen müssen, das sie den Yata hinaufgebracht hatte.

»Woraus? Wie habt ihr das gebaut?«

»Aus Balsaholz und Lianen.« Er zuckte die Achseln. Das konnte doch jeder.

»Ist – war – der Fluß hübsch?«

»Nein. Wo ist denn der verdammte Kellner?«

Also mußte sie sich selbst ein Bild von dem Fluß machen. Braun und gewunden, Inseln aus treibenden Pflanzen, rosafarbene watende Vögel, üppige Bäume, die aus dem Wasser wuchsen. Augen, die durch das dunkle Pflanzengewirr spähten ... Sie seufzte. Alles, was sie über den Dschungel wußte, stammte wahrscheinlich von Joseph Conrad.

»Was ist denn los? Warum brütest du so vor dich hin?« fragte er.

»Ich ›brüte‹ nicht. Ich versuche bloß, mir den Fluß vorzustellen.«

»Welchen Fluß?«

Sie senkte den Kopf, trank ihren Kaffee und erinnerte sich, daß er mit dem Zug gefahren war, aber von wo nach wohin, fiel ihr nicht mehr ein. Er hatte nur gesagt, daß es heiß, eng und schrecklich gewesen sei. Er ging nicht näher darauf ein, obwohl es sich für sie angehört hatte, als wäre bestimmt alles sehr farbig gewesen, trotz der Unbequemlichkeit.

»Nicht besonders.« Inzwischen hatte er den Ober entdeckt. Mehr Brot, mehr Wein ...

Bei seiner Bemerkung über den Zug dachte sie an ihren eigenen Bahnhof – wie unbewohnt er immer erschien, wie verlassen.

Sie erinnerte sich, daß sie als Kind mit ihrer Mutter zum Zug gegangen war, dann in einer Dampfwolke auf dem Bahnsteig stand und beobachtete, wie der Schaffner das gelbe Trittbrett für die aussteigenden Fahrgäste herunterklappte und den Damen mit altmodischer Höflichkeit behilflich war. Der Dampf senkte sich herab wie Nebel oder Bodendunst – wie Schnee, der als helle, dichte Schicht den Bahnhof umgab und das goldene Licht im Innern widerspiegelte, und jedes Fensterbrett war mit einer Rüsche aus Schnee verziert – wie Schlagsahne, die auf einen Kuchen gespritzt war, oder wie Spitze, die über ein Kleid rieselte.

Sie erzählte ihm kurz davon – nicht von ihrer Kindheitserinnerung, sondern von dem Bahnhof, wie verlassen er immer wirke. »Er ist wie ein Geisterbahnhof. Geisterzüge, die durch einen Geisterbahnhof dampfen.«

»Mit *Dieselkraft* durchfahren, meinst du.« Er lächelte zynisch. Er wußte, daß ihr die Vorstellung von Geisterzügen gefiel, also beschloß er, sie zu zerstören. Immer noch lächelnd, aß er weiter.

»Du behauptest, ich nähme alles zu wörtlich, aber das machst du doch ... Ich habe nie einen Schriftsteller gekannt, der alles so wörtlich genommen hätte.« Sie wurde rot vor Zorn und Verlegenheit, als wäre sie bei einer kindischen Phantasterei erwischt worden ...

»Du kennst doch überhaupt keinen Schriftsteller – außer mich.«

»Mir«, sagte sie. »Außer *mir.*« Es war ein schwacher Einwand, mit dem sie nur seine Grammatik korrigierte. Hastig fuhr sie fort. »Hat es dir keinen Spaß gemacht, die Dampflokomotiven zu beobachten, als du klein warst? Sie schienen so viel mehr Autorität zu haben als diejenigen, die es heute gibt.« Sie wußte, daß es keinen Sinn hatte, seine Kindheit anzusprechen, da er niemals in Erinnerungen schwelgte. Aber sie tat das oft und ausgiebig.

»Wenn sie dir so gut gefallen, solltest du nach Simbabwe gehen«, sagte er.

Angesichts dieser erstaunlich irrelevanten Bemerkung sah sie ganz verständnislos aus. »Warum um Himmels willen nach Simbabwe?«

»Da fahren alle Züge mit Dampfkraft. Wegen der Kohle, verstehst du? Das Land verfügt über Unmengen an Kohle.«

Er hatte den Kern der Sache völlig verfehlt. Das war praktisch immer so, und sie fragte sich, ob das nicht mit Absicht geschehe.

Er war aus Simbabwe zurückgekehrt, und es war, als hätte er einen Spaziergang um die Ecke gemacht, um eine Zeitung zu kaufen. Gute sechs Monate im Jahr verbrachte er auf Reisen, und obwohl er es vermied, über seine Reisen zu sprechen – das heißt: abgesehen von den paar verblüffenden Bemerkungen –, schrieb er darüber, und das war seiner Ansicht nach wohl genug. Er war Reiseschriftsteller. Sie hatte einige Abschnitte seiner Bücher gelesen, weil sie zusammen essen gingen und weil sie ihn kannte. Sie hatte das Gefühl, das tun zu müssen. Sie hatte keine Abneigung gegen seine Bücher; sie war sogar ziemlich überrascht, daß die Ereignisse darin so farbig geschildert wurden. Aber sie las nicht gern über Reisen; Reiseliteratur vermittelte ihr ein unbehagliches Gefühl, obwohl sie nicht wußte, warum. Vielleicht, weil sie spürte, daß sie lieber selbst reisen sollte, aber allein der Gedanke beunruhigte sie. Dennoch mußte sie ihm zugute halten, daß er ihre Fragen nicht einfach mit einem »Lies meine Bücher, es steht alles in meinen Büchern« beantwortete. Er benutzte seine Bücher nicht als Quellen. Tatsächlich bezog er sich überhaupt nicht auf seine Bücher. Anfangs dachte sie, das geschehe aus Bescheidenheit, aber das stimmte nicht. Offensichtlich war reine Gleichgültigkeit der Grund dafür. Er schien sich für seine Bücher nicht zu interessieren, außer daß er sich über das Verlagsgeschäft beklagte und darüber, wie unfähig »diese Leute« seien.

Sie trank von ihrem Wein und fand, daß er nach Kieselsteinen schmeckte. Er war extrem trocken. »Es ist die Anonymität einer Zugfahrt, die mir gefällt.«

»Du fährst doch nie irgendwo hin, also woher willst du das wissen?« Sorgfältig wie ein Chirurg löste er bei seinem dritten Kotelett das Fleisch vom Knochen. Die Koteletts waren ziemlich klein; die Bezeichnung »Babylamm« war offensichtlich ein Pleonasmus.

»Sie fuhr fort: »Es ist unheimlich. Als wäre das Selbst in einer Art Vorhölle.«

Er kaute und sah sie an, aber sie bezweifelte, daß er zuhörte. Oder wenn er zuhörte, verstand er nichts. Oft wenn er von seinem Essen aufsah, richtete er den glasigen Blick eines Kindes auf sie, das einem zornigen Elternteil gegenübersteht und sich den Anschein gibt, es höre zu, aber nichts aufnimmt, abgeschaltet hat. Da ist – und doch nicht da ist.

Der Ober kam, um Wasser und Wein nachzuschenken. »Unser Bahnhof – warum ist er fast die ganze Zeit so leer?« Das war es nicht, was sie meinte. Sie meinte: Warum vermittelt er mir das Gefühl der Leere, als wäre ich genauso leblos wie eine der Bänke im Warteraum oder eine der losen Scheiben, die im Wind klappern? Sie saß oft auf einer dieser Bänke vor einer fahl cremefarben gestrichenen Wand; die Holzteile waren braun lackiert, Farben, die ihrer Meinung nach deshalb gewählt worden waren, weil sie Gleichgültigkeit erzeugten. Der Bahnhof und der Bahnsteig waren immer peinlich sauber. Es gab auch einen Hund, einen Labradormischling; sein Fell war braun und leicht glänzend wie die Holzteile. Er mußte wohl dem Bahnhofsvorsteher gehören. Der Hund war gut genährt und freundlich, und manchmal setzte er sich neben sie.

Und es gab natürlich den Imbißraum, das Café. Es war der Bereich, der früher der Familie als Wohnung gedient haben mußte. Die Mutter hatte vielleicht sogar in der winzigen Küche des Cafés gekocht. Sie konnte sich nicht vorstellen, daß genügend Gäste herkämen, um es in Betrieb zu halten. Viele Male war sie der einzige Gast. Der Bahnhof machte den Eindruck eines verlassenen Ortes, dem man entflohen war. Der leere Warteraum, das Fundbüro, dessen Doppeltüren geschlossen und verriegelt waren, der verlassene Fahrkartenschalter, an dem die Blende heruntergezogen war, GESCHLOSSEN ... All dies war eine Landschaft ganz besonderer Art, der sie sich verbunden fühlte.

Während dieser Überlegungen hatte sie kaum bemerkt, daß der Ober erschienen war, die Teller entfernt und ihren halb aufgegessenen Salat mitgenommen hatte. Er hatte ihr nicht geschmeckt, war eher langweilig gewesen. Nun war der Ober mit dem Dessert zurückgekommen. Sorbet für sie und ihn, eine komplizierte Mischung aus elfenbeinfarbener Mousse in *Sauce cassis,* gekrönt mit Nüssen und anderen Garnierungen.

»Nun«, sagte er, »du hast ganz sicher so dagesessen und vor dich hin gebrütet.« Da war es wieder – dieses zynische Lächeln.

Mit seinem Schweigen machte er deutlich, daß er an oberflächlichem Geplauder nicht interessiert war; für sie bedeutete Schweigen Launenhaftigkeit, ein unstetes, überspanntes Naturell. Darüber mußte sie lächeln, denn sie hielt sich selbst für ziemlich ausgeglichen, für ebenso glatt und ebenmäßig wie die Mousse. »Ich habe mir nur unseren Bahnhof vorgestellt. Mich nur gefragt, ob dort noch jemand Fahrkarten kauft. Die Schalter sind anscheinend immer geschlossen.«

Nachdem er sie gezwungen hatte, etwas zu sagen, ignorierte er nun ihre Antwort und löffelte eine ziemlich unappetitlich aussehende scharlachfarbene Soße in sich hinein. Wie hieß das doch auf Französisch? *Le mousse au cassis?* Irgendwas Vermischtes, wie das Dessert selbst.

»La salle des pas perdus.«

Sie war verblüfft. »Was?« Gelegentlich machte er eine Bemerkung von erschreckender Treffsicherheit, obwohl sie sicher gewesen war, daß er nicht zugehört hatte.

»So haben die Franzosen früher die Halle mit den Fahrkartenschaltern genannt: *la salle des pas perdus. Saal der verlorenen Schritte.*

Ihr Löffel war erhoben, in der Zeit erstarrt.

»Wie ist dein Sorbet?« fragte er.

2

Der Ort der verlorenen Schritte. Darüber dachte sie jetzt nach, während sie im Bahnhofscafé saß, ein Stück Obststrudel aß und vergessen hatte, ob sie die Kellnerin um Blaubeeren oder Johannisbeeren gebeten hatte. Dampf stieg auf aus den Geräten des Cafés, aus dem Grill und aus der Kaffeemaschine, und kondensierte an den Fensterscheiben. Es war niemand im Café außer ihr, der Kellnerin und dem Koch hinten in der kleinen Küche. Die Kellnerin stand da, rauchte und sah aus dem Fenster, das auf den Bahnsteig und die Gleise hinausging. Ab und zu wischte sie mit dem Unterarm ein wenig Dampf weg, wozu sie den Ärmel ihres Pullovers benutzte. Es gab nichts zu sehen – außer dem Unterschied zwischen drinnen und draußen.

Sie fuhr fort, ihren Strudel zu essen, der nicht besonders gut schmeckte, weil er kalt und der Guß ein wenig klebrig war. Die Kellnerin hatte ihr angeboten, ihn in der Mikrowelle aufzuwärmen, aber sie hatte abgelehnt und gesagt, daß er ihr so recht sei. Auf diese Weise schmeckte er eher wie Kuchen, den man in einem Bahnhofscafé erwartete – und so hieß es auch. »Bahnhofs-Café« stand auf der Glastür, die auf den Bahnsteig hinausging. Sie zog es vor, etwas zu essen, das ihr ein Gefühl für den Ort vermittelte, an dem sie sich befand. An einem solchen Ort erwartete man nicht, warmen Strudel zu bekommen.

Nachdem sie den Strudel aufgegessen hatte, streckte auch sie die Hand aus und wischte an dem Fenster neben ihrem Tisch ein wenig Dampf weg, um hinauszusehen. Es regnete wieder, nicht stark, nur ein beständiges Nieseln. Bei Regen saß sie besonders gern in dem Café. Noch schöner wäre es gewesen, wenn es sich um jenes Café oder die Gaststätte gehandelt hätte, die sie aus diesem Film kannte – wie hieß er doch gleich? – »Kurze Begegnung«, ja, so hieß er: Im Café einer Bahnstation entfernte der Arzt die Rußflocke aus dem Auge der Frau. Es war in Großbritannien, wo diese Lokale »Bahnhofs-Büffets« genannt wurden, manchmal auch »Imbißstuben«. Nein, eine Imbißstube bedeutete etwas Allgemeineres; sie mußte nicht zu einem Bahnhof gehören. Aber dieses Bahnhofs-Büffet mußte ihnen, gleich nachdem sie sich kennengelernt hatten, wie ein sicherer Hafen erschienen sein – und wie eine Hölle der Erinnerungen, als sie wußten, daß sie sich nicht würden wiedersehen können.

Sie betrachtete die Brösel auf ihrem Teller, sah sich in dem leeren Raum um und dachte, was für ein Glück sie hatten, daß es in ihrem Bahnhof ein Café gab, und wie ungewöhnlich das ihre war. Eine Weile saß sie da und stellte sich die Familien vor, die hier früher gelebt hatten, hier in diesem Raum, der nun das Café war. Es war groß genug, um damals mindestens drei kleinere Zimmer umfaßt zu haben, und die Küche und das Bad konnten sich sehr wohl dort befunden haben, wo sie auch jetzt waren. Wie mochte es gewesen sein, so nahe bei den Zügen zu wohnen? Fast konnte sie spüren, wie die Bodendielen unter ihren Füßen erzitterten.

Wurde das Café von der Stadt subventioniert, als öffentliche Einrichtung aus den städtischen Steuergeldern bezahlt? Kam es auf diese Weise über die Runden? Wenn dies zutraf, war sie glücklich, daß ihre Steuergelder für etwas Nützliches verwendet wurden.

Ihre Tasse war inzwischen leer, und eigentlich hätte sie gern noch einen Kaffee getrunken, aber sie wollte die Kellnerin nicht stören, die immer noch am Ende der Theke stand, inzwischen mit einer neuen Zigarette. Außerdem wußte sie, daß sie später noch einmal hierher zurückkommen würde, um eine Tasse Kaffee zu trinken. Im Moment sollte sie den Bahnsteig auf und ab gehen, sich die Postsäkke ansehen und später zuschauen, wie sie eingeladen wurden. (Sie hatte keine Ahnung, daß die Leute in dieser Gegend so eifrige Briefschreiber waren!) Sie konnte sich die Plakate im Warteraum ansehen, die sich nie änderten, und die Bekanntmachungen, die draußen neben der Tür an der Anschlagtafel hingen: Fahrpläne und Bekanntmachungen, die Änderungen oder Verspätungen anzeigten. Und dann würde sie hierher auf eine weitere Tasse Kaffee zurückkommen.

Von dem kalten Strudel hatte sie ein unbehagliches Völlegefühl im Magen. Aber das machte nichts; sie hatte gewußt, daß es so sein würde. Das war typisch für ein Bahnhofscafé.

»Du verbringst zuviel Zeit dort«, hatte ihr Schriftstellerfreund gesagt, als sie die Traurigkeit erwähnte, die Züge bei ihr auslösten. Er hatte über den Bahnhof geredet, während er einen Salat aß, dessen komplizierte Anrichtung mehr an ein geometrisches Problem als ein Essen erinnerte. Es war eine weitere Woche nach seiner Rückkehr vom Amazonas gewesen, und sie hatten in einem Restaurant gesessen, das er häufig aufsuchte. Sie mochte es nicht, alles bestand aus Glas und Grünpflanzen. Topfpalmen, Schlingpflanzen mit lang herunterhängenden Trieben, die ihr manchmal über die Wange strichen. Sie hatte ihn gefragt, ob ihn das Restaurant irgendwie an den Regenwald am Amazonas erinnere.

»Dschungel«, hatte er ärgerlich gesagt.

Sie machte ihn immer ärgerlich, und das brachte sie zum Lächeln. »Dschungel?«

»Regenwald ist ein Euphemismus, den die Naturschützer aufgebracht haben. Etwas, das man retten muß. Möchtest du einen Dschungel retten?«

Sie dachte einen Augenblick nach. »Vielleicht schon.« Sie wußte, daß ihn das noch mehr verärgern würde.

Der Raum machte den Eindruck eisiger Sauberkeit. Bestimmt war die Küche schmutzig. Außerdem wollte das Restaurant hoch hinaus und hatte eine snobistische Speisekarte, die in saloppper Handschrift geschrieben war, als wäre sie ebenso frisch gekritzelt, wie der Radicchio gepflückt worden war.

Seine Bemerkung, daß sie zuviel Zeit im Bahnhof verbringe, war ohne Überzeugung vorgebracht worden, ohne Anteilnahme und ohne eine Antwort zu erwarten.

Daher hatte sie auch nicht geantwortet. Sie betrachtete seinen großen Salatteller. Er aß den kalten Entenbrustsalat mit Radicchio, Endivien und ein paar anderen Zutaten, einschließlich ein paar darüber gestreuter Pinienkerne. Der Salat wirkte ausgefallen, kompliziert zusammengestellt. Die Restaurationsbesitzer und ihre Köche sollten doch damit aufhören, Salate wie Gemälde oder mathematische Probleme zu behandeln. Die Entenbruststücke waren pyramidenförmig um das Radicchioherz arrangiert, und alles war mit einer dieser undefinierbaren Soßen übergossen, die aus vier oder fünf Hauptingredienzien bestand. Wie konnte sie »Knoblauch-Apfel-Dijon-Senf« als eine einzelne Sache betrachten? Wie sollte man sich diesen Geschmack vorstellen?

Als sie sich die Entenbruststücke ansah, dachte sie an die Wildenten auf dem Teich im Park. Wenn die Sonne schien, waren ihre Farben leuchtend wie Neon. So schändlich zugerichtet und auf eine Salatplatte drapiert zu werden! Sie schaute zu der dunklen Decke hinauf und dachte, sie hätte dort einen blaugrünen Flügel aufblitzen sehen.

Das Bahnhofscafé würde einen Salat aus grünem Eisbergsalat, Tomatenvierteln und Zwiebelringen servieren. Sie hatte nie einen bestellt, aber sie konnte ihn sich vorstellen.

Er hatte einen neuen Film erwähnt, der gute Kritiken bekommen hatte. »Hast du den gesehen?«

»Nein.« Sie hatte keine Lust dazu gehabt.

»Jeder hat ihn gesehen. Warum also nicht?«

»Nun, er soll tiefgründig sein.«

»Ja. Aber was ist falsch daran?«

»Diese Art von Filmen kommt mir – künstlich vor.« Sie wollte sagen »aufgeblasen« oder »prätentiös«, aber da ihm der Film offensichtlich gefallen hatte, wäre er beleidigt gewesen. Nichtsdestotrotz hatte er das Gefühl, daß ihre Weigerung, sich den Film anzusehen, einen Angriff auf seinen Geschmack darstellte.

»Du kannst doch nicht etwas kritisieren, was du nicht gesehen hast.«

»Ja, das stimmt.« Dieser Ansicht war sie keineswegs, aber sie wollte diese Meinungsverschiedenheit schnell beenden, bevor sie in einen Streit ausartete. Sie vermied Streitigkeiten sonst nicht, sie konnten durchaus stimulierend sein. Aber nicht mit ihm. Seine Streitereien waren langweilig. Sie lächelte wieder und fragte sich, warum sie es eigentlich miteinander aushielten.

Der Ort der verlorenen Schritte.

Sie stand im Warteraum neben dem Fahrkartenschalter. Die Blende, auf der in großen Lettern GESCHLOSSEN stand, war heruntergezogen. Aber er war immer geschlossen, zumindest immer dann, wenn sie in den Bahnhof hineinsah. Er mußte doch manchmal geöffnet sein – wo kauften die Leute denn sonst ihre Fahrkarten?

Eine Weile saß sie auf einer der Bänke an der Wand und stellte sich riesige belebte Bahnhöfe mit »Schalterhallen« vor. *Les salles.* Sie malte sich den Gare du Nord, Victoria- und Waterloo-Station aus, die sie nie gesehen hatte, weshalb sie sich die lange dichte Reihe der Fahrkartenschalter vorstellen mußte. Die »Schalterhallen«. *Les salles.*

Waren Reisen nicht wie ein Versprechen? Hoffnung für die Zukunft? Ein Vorwärtskommen, eine Veränderung? Ein befreites Ausatmen? Stapel von Gepäck, eilende Träger. Versprechungen, Ziel. Warum dann die »verlorenen Schritte«?

Sie spürte, daß hier etwas war, das sie eigentlich sofort hätte erfassen müssen, aber sie konnte es nicht sehen. Statt dessen sah sie sich in einem dieser riesigen gewölbten Bahnhofsgebäude; sie bewegte sich langsam wie eine ältere Person, ging in eines der Cafés und trank einen Kaffee. Sie sah durch ein Fenster. *Der Ort der verlorenen Schritte.*

Wie war es möglich, daß er ihr solche Dinge erzählte, da er doch so wenig Wert darauf legte? Warum wußte er davon? Es schien so unpassend, daß er davon wußte.

Es war eigentlich nicht fair.

3

Er war ein Schriftsteller, der Reiseliteratur verfaßte, und sie hatte am Beginn ihrer Bekanntschaft natürlich erwartet, seine Unterhaltung wäre gespickt mit den Einzelheiten all dessen, was er gesehen, gehört und gefühlt hatte. Die Orte klangen exotisch und romantisch: Jaipur. Aix-en-Provence. Peking. Patmos. Die Namen leuchteten, pulsierten vor Farbe. Vor ihrem geistigen Auge sah sie Sonnenaufgänge in

Tahiti, Sonnenuntergänge auf dem Peloponnes. Blendende Farben.

Eines ihrer Mittagessen fand kurz nach seiner Rückkehr aus Rußland statt. Sie hatte gefragt: »Wie war Sankt Petersburg?« und war überrascht gewesen, daß es wirklich Leute gab, denen man solche Fragen stellen konnte. *Wie war Marrakesch? Hat dir Sorrent gefallen?* Daß er zu diesen Leuten gehörte, verblüffte sie.

»Kalt«, sagte er. »Kalt wie Marmor.« Er redete zwischen ein paar Bissen Radicchio und aß einen Salat mit einer dieser zusammengemixten Soßen. Er stocherte darin herum, um die Pinienkerne herauszufischen. Die mochte er nicht. Sie schmeckten *wie Kies, wie Streusand,* sagte er. *Wie etwas, worin die Hühner herumkratzen.* »Genau so war Brüssel.« Er fand noch einen Pinienkern, den er auf seinen Brotteller warf.

Sie wartete, daß er mehr von Sankt Petersburg erzählte – oder wenigstens von Brüssel, aber statt dessen fragte er, warum sie nur Kaffee genommen hätte. Warum kein richtiges Mittagessen?

»Ich bin nicht hungrig.« Was nicht stimmte; sie mochte das Essen einfach nicht, das in diesem Restaurant serviert wurde. Es sah aus, als wäre es gar nicht zum Essen bestimmt, sondern sollte nur angeschaut und bewundert werden. Es war kunstvoll angerichtet, eine Palette aus Farben. Jadegrüne Erbsenschoten, granatfarbene rote Bete. Ein Gemüseteller wie eine Neonreklame. Was sie wollte, war ihr überbackenes Käsesandwich mit einer Tomatenscheibe darin, wie es im Bahnhofscafé serviert wurde. Über Sankt Petersburg und Brüssel hatte sie nur erfahren, daß es dort kalt sei. Sie versuchte, sich die beiden Städte vorzustellen. Schnee und Hermelin in Sankt Petersburg. Sie seufzte. Diese Vorstellung stammte wahrscheinlich aus einem Film, den sie gesehen hatte, vermutlich »Schiwago«. Und sie stellte sich auch den kleinen Platz im Zentrum von Brüssel vor, der »La Place« hieß. Rund um den Platz flackerten Lichter wie Sterne in dunkler Nacht. Das wußte sie, weil van Gogh sie gemalt hatte – die leuchtenden Sterne, die lichtgesättigten Lampen. Van Gogh hatte mehr bemerkt als nur die Kälte.

»Du solltest was essen«, sagte er, als nach seinem Salat ein Teller mit Wachteln und kristallgrünem Spargel serviert wurde.

Die Wachteln waren so klein und sahen so zerbrechlich aus, und jede hatte kleine Papiermanschetten um die Beine. Bei dem Anblick hätte sie in Tränen ausbrechen können. Statt dessen lächelte sie. Ein verkrampftes Lächeln.

»Was ist denn so lustig?« fragte er.

»Oh. Ich habe nur an Sankt Petersburg gedacht.«

»Es würde dir nicht gefallen.« Er stieß die Gabel in den winzigen Vogel.

Sie wandte sich ab. Dann sagte sie: »Dieser Platz in Brüssel – der muß schön sein.«

»Du solltest reisen, wenn Reisen so attraktiv für dich ist.«

Natürlich, er war dazu übergegangen, verschleierte Kritik an ihrer seßhaften Lebensweise zu üben. Sie sagte: »Das ist nicht der Fall.«

Er ließ das Thema des Reisens fallen und sagte: »Du solltest mehr ausgehen.«

Das sagte er immer. Und zwar deshalb, weil es ihn nicht interessierte, ob sie es täte oder nicht; darum wiederholte er sich beständig. Wie immer ignorierte sie die Bemerkung und wandte sich ab, um aus dem Erkerfenster zu sehen. An dessen oberem Ende befand sich ein Gewirr aus Farnen und Schlingpflanzen. Die Blätter waren staubig.

»Ich habe dich in dieser Cafeteria im Bahnhof gesehen. Warum gehst du dorthin? Es ist schrecklich da.«

»Nein, das ist es nicht.« Sie hatte sich mehrmals vorgenommen, in seiner Gegenwart nicht zu widersprechen, weil dadurch nur seine Streitlust angestachelt wurde. Dennoch fuhr sie fort: »Sie machen wundervolle Omelettes da, die besten, die ich je gegessen habe.« Das stimmte. Nachdem sie zum erstenmal eines gegessen hatte, konnte sie kaum glauben, daß solch ein einfaches kleines Café solch ein Omelette backen konnte. »Es ist ganz hoch und leicht, weil das Eiweiß steifgeschlagen wird wie bei einem Soufflé.«

Er schüttelte mehrmals den Kopf.

»Du hast doch nie dort gegessen, also woher willst du wissen, daß es da schrecklich ist?« Sie versuchte, den Ärger in ihrer Stimme zu unterdrücken, was ihr jedoch nicht gelang.

Er verdrehte die Augen, als solle der Himmel ihm beistehen (überzeugt, daß die Frage keine Antwort verdiente) und strich sich Butter auf das letzte Stück Brot.

Sie fand es ärgerlich, daß er ihre Frage einfach nicht beachtete. Er durfte Dinge kritisieren, über die er nichts wußte, aber sie durfte keine Kritik üben an der Verlogenheit des Films, der ihm gefallen hatte. Dennoch würde er das nie zugeben.

Er sah auf sein Brot und antwortete ihr schließlich: »Aus der Tatsache wie dieses Lokal aussieht – wie ein schmutziger Löffel.«

Diesen abgedroschenen Vergleich hatte sie seit Jahren nicht mehr gehört. Sie blieb beharrlich, obwohl sie wußte, daß er sich nie einer Meinung anschließen würde, die sie vertrat. »Nun, du solltest hingehen und ein Omelette probieren. Dann siehst du schon, wie gut es ist.« Sofort tat es ihr leid, daß sie das gesagt hatte, weil sie nicht wollte, daß er ins Bahnhofscafé ginge und neues Material für seine Mäkeleien fände, um so mehr, als er wußte, daß sie es mochte. Schlimmer noch, er könnte ihr den Ort vermiesen. Er würde eine breite Spur aus Staub hinterlassen, geistigen Staub, der zurückbleiben würde, nachdem er gegangen wäre. Und etwas von ihm würde für immer an einem der Tische haftenbleiben, und selbst wenn sie seine Gestalt nicht sähe, würde sie spüren, daß er dort gewesen war, die Zuckerdose berührt, den Salz- und Pfefferstreuer hochgehoben und die Servietten herausgezogen hatte. Überall wären unsichtbare Fingerabdrücke.

»Ich würde tot umfallen«, sagte er.

Zum hundertsten Mal fragte sie sich, warum sie diese Freundschaft aufrechterhielt. Nun, sie konnte sich ja nicht von jedem trennen, und in den vergangenen Jahren hatte sie bereits andere Beziehungen einschlafen und absterben lassen. Die zudem besser waren als die mit ihm. Daher mußte sie ihrer Ansicht nach sehr achtgeben, um die wenigen Leute zusammenzuhalten, selbst wenn sie beide keine wirkliche Unterhaltung miteinander führen konnten – denn das war wohl nur bei einem bestimmten Grad von Intimität möglich. Das hieß aber nicht, daß man Geständnisse machen oder verborgene Dinge enthüllen mußte. Das war ein anderer Grad von Intimität.

Also traf sie sich weiterhin mit ihm – trotz seiner schlechten Laune, seiner Nörgelei und seiner versteckten Wut. Sie spürte, daß das der Grund sein mußte: Offene Wut über eine Sache zu äußern, war ihm verwehrt. Vielleicht, weil seine Eltern tot waren. Seine Gleichgültigkeit ihr gegenüber war kaum größer als die gegenüber sich selbst. Das war vielleicht das Eigenartigste – nicht die Gleichgültigkeit ihr gegenüber, sondern die gegenüber sich selbst. Er war weder stolz noch selbstgefällig, was seine Leistungen anbetraf, und er hatte ein paar ziemlich gefährliche Taten vollbracht (wie sie aus der Lektüre seiner Bücher entnommen hatte). Aber es war, als spräche er von jemand anders, von jemandem, aus dem er sich nicht besonders viel machte.

Seltsamerweise war es unwichtig, daß sie dies verstand. Seine Mißachtung ihrer Person war dennoch schmerzlich. Das Bahnhofscafé gäbe ihm Gelegenheit für neue Kritik, auch wenn er es noch nicht besucht hatte. Die üblichen Themen hatten sich inzwischen abgenutzt. Wie viele Male hatte sie ihn sagen hören, sie solle »mehr ausgehen«?

Das benutzte er nun, um ihren Lebenswandel in Frage zu stellen. »Du verbringst dort zuviel Zeit.«

Sie seufzte. »Aber warum bist du dort gewesen? Hast du eine Fahrkarte gekauft?«

Er erwähnte die Stadt, die er nicht mochte, obwohl sie nur der Abfahrtsort für eine größere Reise war. »Dort nehme ich das Schiff nach Polynesien.« Sein Stirnrunzeln verstärkte sich. Nie machte er den Eindruck, als freue er sich auf seine Zielorte.

Polynesien. Ihre Gedanken schienen wie auf einem purpurfarbenen Meer dahinzutreiben, das sich in warmen Brechern auf schwarzen Sand ergoß. Sie hatte keine Ahnung, ob es in Polynesien Strände mit schwarzem Sand gab. Sie fragte ihn danach.

Er schüttelte den Kopf, während er zwischen den Zeigefingern eine Wachtel hielt und hineinbiß. »Du denkst an Pago-Pago.«

Sie warf den Kopf zurück und lachte, obwohl sie wußte, daß er nicht verstand, was daran komisch sein sollte. »Ich denke an gar keinen Ort. Ich bin nirgendwo gewesen. Ich weiß überhaupt nichts.« Er kannte alles, aber dieses Wissen schien er sich nicht als Verdienst anzurechnen. Er behandelte es mit derselben Gleichgültigkeit, mit der er ihr Essen oder ihr gesellschaftliches Leben behandelte.

Jetzt lehnte er sich auf seinem Stuhl zurück, reckte den Hals und sah sich nach der Bedienung um. Er konnte sie nicht sehen. Er seufzte. »Natürlich muß ich den Abschnitt über Sankt Petersburg fertigstellen, bevor ich abfahre.« Er spielte mit seinem Löffel, wollte einen Kaffee und das Dessert haben.

Der »Abschnitt« war Teil des Buches, an dem er gerade arbeitete. Sie fand das erstaunlich. »Die erstaunlichste Sache überhaupt.«

»Was?«

»Ein Buch zu schreiben. Und du hast fünf oder sechs geschrieben.«

Er zuckte die Achseln und sagte: »Dann solltest du es versuchen.« Er lehnte sich wieder zurück, kippte auf dem Stuhl nach hinten und winkte energisch mit dem Arm, als er die Kellnerin sah.

»Warum sagst du mir das immer? Als müßte man nur mit dem Finger schnippen, und dann wäre es da.«

»Was wäre da?«

Er hatte es schon vergessen. Nicht nur, was sie über sein Schreiben gesagt hatte, sondern auch das, was er darauf geantwortet hatte.

Sie kam sich vor, als wäre sie unsichtbar. Als spräche er in den leeren Raum hinein, wenn er etwas sagte. Sie fühlte sich verlassen. Und wieder einmal redete sie sich ein, sie würde sich nicht mehr zu diesen Mittagessen mit ihm treffen, wohl wissend, daß sie es doch tun würde.

Er hatte sie mit jemandem verwechselt.

Sie hatten sich folgendermaßen kennengelernt: Er war an ihren Tisch gekommen, hatte eingehend ihr Gesicht betrachtet und zu ihr gesagt, sie sei das »Ebenbild« von Mary-Beth, einer Freundin von ihm.

Das schien für ihn wichtig gewesen zu sein, als hätte zwischen dieser Frau und ihm eine enge Beziehung bestanden, aber sie hörte ihn nie wieder von Mary-Beth sprechen.

Sie hatte ziemlich spät zu Mittag gegessen, gegen drei, etwas, was sie sonst nie tat – sie aß überhaupt selten zu Mittag –, aber diesmal hatte sie nicht gefrühstückt und war aus dem Büro ihres Anwalts gekommen. Der hatte sich lange über ihre Angelegenheiten ausgelassen, die komplexer waren, als sie angenommen hatte. Es fiel ihr schwer zu glauben, ihre »Angelegenheiten« oder irgendein anderer Bereich ihres ereignislosen Lebens bedürften des wachsamen Auges eines Anwalts.

Anfangs hatte sie diese Mittagessen am Nachmittag nicht gemocht; sie hätte sich lieber später, zum Abendessen, verabredet. Das hätte ihr geholfen, die Abendstunden auszufüllen, die immer so endlos lang vor ihr lagen.

Nach dem dritten Mittagessen hatte sie festgestellt, daß es zu einem Ritual geworden war. Sie hatte jedoch nie verstanden, warum. Hatten sie während dieses ersten Essens ihre gegenseitige Gesellschaft tatsächlich so genossen, daß sie einverstanden waren, sich in der folgenden Woche wieder zu treffen? Und war das Essen in der folgenden Woche ein solcher Erfolg gewesen, daß die Essen Nummer drei, vier, fünf und so weiter zu dieser Art von Ritual geführt hatten? Es war durchaus nicht so, daß sie Sympathie füreinander empfunden hätten, das war klar. Wenn mehr Bewußtheit im Spiel gewesen wäre, hätte sie gesagt, daß sie es bewußt darauf anlegten, sich zu ärgern. Seine Mitschuld daran hielt sie für geringer als die ihre, weil ihm dies ihrer Ansicht nach weniger klar war. Sie hatte das Gefühl, daß sie ihn jeweils in eine Lage hineinmanövrierte, die es ihr erlaubte, mit ihrem Turm seinen König zu schlagen. Was sie allerdings nie tat, weil er es schaffte, ihn mit irgendeiner Bemerkung vom Brett zu fegen, die jegliche Form von Revanche unmöglich machte. Sie starrte ihn immer nur mit offenem Mund an. Merkwürdig, daß sie zu diesen Verabredungen hinging, vor allem angesichts der traurigen Erkenntnis, daß es für ihn keine Rolle spielte, wer sie war. Er wollte nur Gesellschaft haben, jemanden, mit dem er sozusagen das Brot brechen konnte, einen Zeugen für seine Auswahl von Fleisch und Wein, einen Gegner für eine Streitfrage, die er zurückweisen konnte.

Natürlich hatte sie das anfangs nicht bemerkt. Das Begreifen stellte sich erst langsam nach vielen Wochen und Monaten des gemeinsamen Essens ein. Und als es deutlich wurde, daß er sie vielleicht nicht einmal mochte, empfand sie Schmerz und Enttäuschung, aber sehr bald überwand sie diese Pein der Demütigung und wurde einfach zu einer Beobachterin, zu einer Zuhörerin, die die oft zusammenhanglose Unterhaltung verfolgte – ein dritter Gast an ihrem Tisch.

4

Die Kellnerin stellte ihre Anwesenheit im Bahnhofscafé nie in Frage. Falls sie sich wunderte, daß sie so oft herkam, behielt sie das für sich. Vermutlich mochte sie sie sogar; es bedeutete, daß jemand die Last der Stille mit ihr teilte, und das war in jedem Fall gut. Ihre Gespräche gingen nie über Bemerkungen über das Essen oder das Wetter hinaus, aber auch das war in Ordnung. Sie bezog durchaus Befriedigung aus diesen kurzen Wortwechseln – *»Ihr Koch macht den besten gegrillten Käse.« »Nun, ich werde ihm ausrichten, daß Sie das gesagt haben«* –, die ihr die erlesenst formulierten Gespräche, Vorträge oder Unterhaltungen nicht verschaffen konnten. Der kurze Austausch mit der Kellnerin war zutiefst befriedigend, genauso wie das überbackene Käsesandwich und die Kuchenstücke köstlicher waren als die viergängigen Menüs.

Sie fragte sich, was für ein Leben die Kellnerin wohl führen mochte, aber sie stellte ihr keine Fragen. Ob sie ihren Job wohl als schrecklich langweilig empfand und ob sie Kinder, einen Ehemann, ein Heim hatte? Oder wohnte sie irgendwo zur Untermiete?

Sie dachte an ihr eigenes Haus, das so weitläufig und leer war, daß sie bisweilen erwogen hatte, eine Pension daraus zu machen. Es gefiel ihr, sich vorzustellen, sie wäre eine Vermieterin, trüge eine dieser formlosen braunen Strickjacken und beobachtete, wie ihre Untermieter kamen und gingen, die alle nicht lange bleiben würden, was einen ständigen Fluß von Ankunft und Abreise, aber ihr auch ein vollkommen zurückgezogenes Leben garantiert hätte. Sie hätte in die Geheimnisse ihrer Mieter nicht eindringen wollen, genausowenig, wie sie etwas über die Kellnerin herauskriegen wollte. Sie suchte nicht nach Anhaltspunkten wie einem Ehering oder einem Schnappschuß in der Ecke des Spiegels, der sich entlang der Theke erstreckte. (Dort waren ein paar Schnappschüsse, aber sie hatte keine Ahnung, zu wem sie gehörten.) Sie war nicht interessiert daran zu erfahren, ob die Kellnerin außerhalb des Cafés ein ausgefülltes Leben hatte; sie wollte nicht, daß sich eine Tür zu einer größeren Welt öffnete, einer Welt, in die sie die Familienmitglieder der Kellnerin hätte aufnehmen müssen – sich mit deren Aussehen, Tun und Gefühlen hätte beschäftigen müssen.

Vielleicht vermied sie das auch nur aus Neid auf das reiche und erfolgreiche Leben anderer Leute, ein Leben, das auf sie einströmen würde in Gestalt von Fremden, die ihre Arbeit hinter sich hatten, aus ihren überfüllten Büros kamen, die ihre Freizeit genossen, Frauen am Sommerabend, die leuchtende Kleider trugen, ganze Scharen von ihnen.

Sie war sich sicher (wußte aber nicht, warum), daß die Kellnerin nicht zu denen gehörte, sondern mehr wie sie selbst war. Wäre sie wieder arbeiten gegangen, hätte sie einen ganz einfachen Job vorgezogen wie etwa den einer Kellnerin. Aber nur an einem Ort wie dem Bahnhofscafé.

Das hatte sie ihrem Freund gesagt, als sie in einem ziemlich bohèmehaften Bierlokal zu Mittag aßen, das sich sehr bemühte, sein ungarisches Ambiente aufrechtzuerhalten. Die Kellnerinnen trugen leuchtende Halstücher und lange bunte Röcke. Tatsächlich hatte sie zu ihm gesagt, daß es ihr verhaßt wäre, in einer Art Verkleidung zu bedienen; sie würde eine schlichte Tracht vorziehen, in Hellblau oder Weiß. Sie hatte mit einiger Ausführlichkeit darüber gesprochen und die verschiedenen Kellnerinnen und Kellner beschrieben (die anstelle von Gürteln und Hosenträgern lange Schärpen um den Bauch trugen), aber sie wußte, daß er nicht zuhörte. Vermutlich betrachtete er ihre Ausführungen als bloßes »Geschwätz«, das es nicht wert war, daß man hinhörte.

Sie war überrascht, als er tatsächlich reagierte. »Warum in Gottes Namen willst du etwas so Langweiliges machen wie bedienen? Ich kann mir nichts Langweiligeres vorstellen.«

»Wirklich? Aber du scheinst bestimmte Kellner faszinierend zu finden, wie etwa den *sommelier* in diesem französischen Lokal ...«

Er brach in ein bellendes Lachen aus. »Ein *sommelier ist* kein Kellner!«

»Nein, aber dir gefallen auch die Kellner in diesem Lokal.«

Er fuhr fort, sein *gulyas* zu essen, und sagte: »Deine Schwierigkeit ist die, daß du nicht genug zu tun hast. Du solltest wieder arbeiten gehen.«

»Aber warum? Ich habe meine Arbeit nicht gemocht. Und ich brauche das Geld nicht.«

»Diese Erbschaft hat dir kein Glück gebracht.«

Sie runzelte die Stirn. Was konnte er bloß meinen? »Bei dir hört sich das an wie ein schlechter viktorianischer Roman. Die Heldin ist zugrunde gerichtet, weil der Mann nur ihr Geld will. In diesem Sinn würde ich es nicht als eine Erbschaft bezeichnen. Es ist keine Masse Geld.« Ihr Vater und ihre Mutter waren gestorben, und beide hatten ihr eine beträchtliche Summe hinterlassen. »Genug, um damit auszukommen«, hatte ihre Mutter immer gesagt. »Das ist alles«, entgegnete sie ihm, obwohl es viel mehr war als »genug, um damit auszukommen«.

Darauf erwiderte er nichts. Er hörte ihr schon nicht mehr zu und winkte dem Kellner.

»Nicht jeder kann solch eine faszinierende Arbeit haben wie du.«

Nachdem er es schließlich geschafft hatte, daß der Kellner Notiz von ihnen nahm, sah er sie verständnislos an und fragte: »Faszinierend inwiefern?«

5

Ein andermal aßen sie in einem Restaurant zu Mittag, in dem es seiner Aussage nach gutes baskisches Essen gab. Aber er entschied sich wieder für Ente. Davon schien er nicht genug kriegen zu können. Auf seinem Teller lagen geräucherte Ente, Entenleber und ein Enten-*Confit*.

»Du bist ungefähr so umgänglich wie ein Einsiedler.« Er reckte den Hals, lehnte sich auf dem Stuhl zurück und versuchte, den zuständigen Ober ausfindig zu machen.

Es machte ihm Spaß, ihre Zurückgezogenheit zu bekritteln, indem er sagte, sie könnte eine Einsiedlerin sein und auf einem Berg leben. Vor allem deswegen, weil sein eigenes Leben in so scharfem Kontrast zu dem ihren stand. Trotzdem gefiel ihm sein Leben nicht, dessen war sie sich sicher. Aber darum ging es offensichtlich nicht. Sein Leben – das gab er zu – war kein Vorbild dafür, wie das Leben gelebt werden sollte.

»Ich sage ja nicht, daß jeder um die Welt düsen sollte, wie ich es tue, Gott bewahre! Aber wir müssen doch raus und uns umtun.«

»Ich bin oft draußen und tue mich um. Gerade im Moment bin ich draußen und beschäftige mich mit dir. Du hast mir vorgehalten, ich sei zuviel unterwegs.« Sie meinte das Café.

»Du verdrehst meine Worte. Du bist ironisch, wie gewöhnlich. Du weißt, was ich meine.«

Das tat sie nicht. »Draußen sein und sich umtun« bedeutete gar nichts.

Schließlich entdeckte er den Ober und winkte ihn heran wie ein Polizist, der ein zu schnell fahrendes Auto anhält. »Dein Leben«, sagte er, »ist zu beengt. Kein Mensch ist eine Insel, vergiß das nicht.«

»Aber Donne sprach nicht davon, daß man gesellig sein müsse, er sprach von Nächstenliebe. Oder Anteilnahme. Wir müssen mildtätiger sein, einen Teil unseres Lebens hingeben. Er hat davon gesprochen, daß wir uns mit anderen identifizieren sollten, nicht davon, eine Party zu schmeißen.«

Er brummte. »Wem die Stunde schlägt, meinst du? Wir sitzen alle in einem Boot, das ist es. Wir müssen alle an einem Strang ziehen.«

»Ich glaube nicht, daß Donne etwas dagegen hätte, daß ich ins Bahnhofscafé gehe.«

Der Ober war gekommen, und er bestellte sich *crème caramel* (was ihrer Meinung nach nicht besonders baskisch klang). Nachdem der Ober fort war, beugte er sich über den Tisch. »Du bist eine Einsiedlerin geworden, das ist alles.«

Es war der »Einsiedler«-Monolog, und sie blendete ihn aus, so gut sie konnte. Eigentlich war es nicht die Krittelei an ihrem Lebensstil, die sie störte. Das Nörgeln und Mäkeln amüsierten sie mehr, als daß es sie ärgerte. Was sie störte, war, daß sie irgend jemand hätte sein können. Es war ihm egal, ob die Person, die ihm im Augenblick gegenübersaß, sie oder jemand anders war. Er hätte seine Kritik ganz leicht auf eine andere Person übertragen können, auf irgend jemanden. Es scherte ihn eigentlich nicht, daß sie eine Einsiedlerin war, genausowenig wie es ihn interessierte, ob sie ihr Essen genoß. Er hatte einfach auf Redseligkeit umgeschaltet. Er achtete nicht wirklich darauf, was er sagte. Natürlich hätte er dies bis aufs Messer bestritten.

Während er weiterhin darüber schwafelte, wie sie ihr Leben verbringe, stellte sie sich vor, wie es wäre, wenn die Götter jeder Person eine bestimmte Anzahl von Wörtern zugedacht hätten. Etwa fünfzig. Fünfzig Wörter für jeden Anlaß. Wenn jemand mehr als diese fünfzig Wörter verbraucht hatte, würde es dieser Person nicht erlaubt sein, den Anlaß zu wiederholen. Ihr wäre es also nicht erlaubt, wieder mit ihm zum Mittagessen zu gehen. Sie runzelte die Stirn. Aber was war mit der anderen Person? Was war, wenn er die fünfzig nicht überschritt? Dürfte er den Anlaß dann auch nicht wiederholen? Das war ein Problem.

» ... der springende Punkt ist, wir brauchen gesellschaftliche Begegnungen.« Die Schneide seines Buttermessers zog eine Furche in das weiße Tischtuch.

»Ich habe ja gerade eine. Mit dir.«

Sechs Wörter. Oder sollte sie das ›ja‹ mitzählen, was sieben ergäbe? Wahrscheinlich schon.

»Hör zu: Ich versuche nur, dir zu helfen. Ich versuche, dein Freund zu sein. Du darfst dich nicht so einsperren, wie du es tust. Oh ja, du gehst manchmal mit mir zum Essen, aber ...«

Sie konnte nicht so schnell zählen, wie sich sein Mund bewegte, also mußte sie raten: »Fünfundzwanzig bis dreißig«, sagte sie.

»Was? Was?«

»Worte. Ich spiele ein Spiel.«

»Was für ein Spiel? Wovon redest du?«

»Wenn jeder von uns nur fünfzig Wörter sagen dürfte und nicht mehr, könnten wir uns auf diese vorgegebenen fünfzig beschränken?«

Er starrte sie einen Augenblick lang an und schüttelte dann den Kopf, als habe er Mitleid mit ihr. »Du lebst wirklich in einem Niemandsland, nicht wahr?«

6

Vielleicht tue ich das, dachte sie und zählte das Kleingeld für ihr überbackenes Käsesandwich und den Kaffee ab. Obwohl ihr nicht klar war, was dieses »Niemandsland« sein sollte.

Dennoch war dies vielleicht die einzig zutreffende Bemerkung, die er während des ganzen langen Essens gemacht hatte. Sie hatte festgestellt, daß sie für ein Mittagessen mit ihm ihren ganzen Nachmittag hingeben mußte. Was sicherlich ihre Nachmittage nicht ruinierte, da sie wenig Möglichkeiten hatte, sie anderweitig auszufüllen.

Selten betraten sie das Restaurant vor drei oder sogar vier Uhr. Er aß immer vier Gänge. Dieses bestimmte Essen hatte mit Muscheln begonnen, die auf seltsame Weise zubereitet waren; sie wurden vor dem Salat serviert und in weitschweifigem Französisch beschrieben, was es fast unmöglich machte, sich das gekünstelte Gericht einzuverleiben. Das Dessert bildete keineswegs den Abschluß, denn danach folgten noch Liköre, Kaffee und ein Teller mit winzigen Pralinen. Diese Mahlzeiten zogen sich über den ganzen Nachmittag hin und dauerten fast bis zu dem Zeitpunkt, an dem die meisten Leute mit dem Abendessen begannen, zumindest bis zu deren Cocktailstunde.

Sie hätte nie diese ganzen Gänge zu sich nehmen können. Nicht, daß ihr das Essen gleichgültig gewesen wäre, denn im Bahnhofscafé hätte sie leicht zwei oder drei der überbackenen Käsesandwiches verdrücken können. Während sie hier saß, dachte sie, daß sie sich später vielleicht eines davon genehmigen würde, wenn sie zu einer weiteren Tasse Kaffee zurückkäme.

Als sie zur Kasse ging, kam die Kellnerin heran, nahm ihre Rechnung und das Geld und lächelte sie herzlich an. Ihr Job schien sie überhaupt nicht zu langweilen. Das war seltsam, denn nach der geringen Servierarbeit tat sie nichts anderes, als sich ans Ende der Theke zu stellen, zu rauchen und auf den Bahnsteig hinauszusehen.

Als sie damals angefangen hatte hierherzukommen, war es einfach gewesen, das angemessene Trinkgeld zu geben. Aber das war zunehmend schwieriger geworden, da die Kellnerin inzwischen – zwar keine Freundin, aber doch – eine sehr gute Bekannte geworden war. Sie hatte sich entschlossen, nie weniger als einen Dollar zu geben, auch wenn die Rechnung, wie heute, nicht mehr als zwei oder drei Dollar ausmachte.

Jetzt ging sie den Bahnsteig entlang. Noch bevor sie ihn hörte, spürte sie das Vibrieren des noch entfernten Zuges. Das wäre der Zug zu jener Stadt, von der aus man einen Frachter besteigen konnte. Kurz darauf kündigte der Bahnhofsvorsteher ihn über Lautsprecher an, worauf dröhnend und undeutlich weitere Durchsagen von Verbindungen folgten. Was Informationen anbelangte, verließ sich niemand auf die Durchsagen des Bahnhofsvorstehers. Doch diese dröhnenden, dumpfen Durchsagen dienten dazu, dem Bahnhof selbst einen Sinn zu geben, eine *raison d'être.*

Dann erschien der Bahnhofsvorsteher mit seinem Wagen voller schwer aussehender Kisten, die zusammen mit der Post in die Frachtabteile geladen würden. Die Kisten auf dem Wagen zitterten, als der Zug näher kam. Sie konnte die Lokomotive auf den Gleisen sehen. Der Stationsvorsteher hatte die Haltestellen über Lautsprecher verkündet, aber sie hatte natürlich nichts verstanden.

Es war ein Koloß, der fast aufzuschreien schien, als er anhielt. Funken sprühten auf, und die Räder kreischten, als ruckartig die Bremsen angezogen wurden. Aus einem der Fenster schauten zwei Kinder heraus, ein Junge und ein Mädchen, deren Nasen an der Scheibe plattgedrückt waren und wie Schnauzen aussahen. Sie starrten sie an, was ihr ein bißchen unbehaglich war. Sie ging ein Stückchen weiter und bemerkte, wie müde viele der Fahrgäste wirkten, müde oder gelangweilt. Doch irgendwie machten sie den Eindruck, in einer geheimen Welt zu leben, entfernt von den Plagen des Alltags – unerreichbar. Einige von ihnen schienen den Aufenthalt, den Bahnhof und natürlich sie überhaupt nicht wahrzunehmen. Ob diejenigen, die rausschauten, wohl dasselbe dachten wie sie: daß sie in einer Welt lebte, von der sie ausgeschlossen waren? Nein, denn sie waren diejenigen, die die Zitadelle erstürmt, die Burg erobert, eine Zufluchtstätte gefunden hatten.

7

Während er sein Dessert aß, hatte er etwas über die Mühen des Schreibens gesagt, wie er bei einem bestimmten Abschnitt seines Buchs in Schwierigkeiten geraten sei.

Zuerst dachte sie, er mache Scherze. Ganz naiv hatte sie ihn gefragt, wie er denn annehmen könne, er werde in der Lage sein, über ein Thema zu schreiben, das ihm so wenig gefalle, und dabei *nicht* in Schwierigkeiten zu geraten.

»Ich weiß wirklich nicht, wovon du redest. Du hast einfach keine Ahnung von den Fallgruben des Schreibens, der Unsicherheit und alldem.«

Sie lächelte, als sie sagte: »Du bist wie der Verfasser von Reiseführern in diesem Roman von Ann Tyler.«

Er wurde wütend. »Ich *bin* kein Verfasser von Reiseführern.«

»Natürlich nicht! Ich meinte nur ...« Sie gab auf. Sie begriff, daß er sich seiner wahren Gefühle nicht bewußt war, daß es ihm nicht einsichtig war, daß alles, was er sagte – oder nicht sagte, da er nicht gern über seine Reisen redete –, nur ein weiterer Beweis dafür war, daß er das Reisen haßte. Und er haßte es, darüber zu schreiben. Einen gewissen Haß gegen das Schreiben gestand er sich ein, aber das führte er auf die Schwierigkeiten zurück, mit denen alle Schriftsteller zu kämpfen hatten: die Blockaden, die Angst vor dem leeren weißen Blatt, vor den bleischweren Worten und schwerfälligen Sätzen, denen sich bisweilen einfach kein Leben einhauchen ließ. Er hatte sich gewissermaßen ein Monster geschaffen, das für seine Schreibschwierigkeiten herhalten mußte:

ein unzähmbares, nicht an die Kette zu legendes Ungeheuer, das bösartig, aber dumm, geifernd, aber zahnlos war, so daß man es sich nicht einmal als die »Bestie des Unbewußten«, als ein zu einem gehörender Teil, aneignen konnte. Dafür war es einfach zu verdammt blöde (hatte er lachend gesagt). Das Unbewußte hatte schließlich eine Struktur; es hatte seine Methoden, seine Logik.

Also wurden seine Schreibschwierigkeiten nie mit seinem Haß aufs Reisen in Verbindung gebracht. Sie wurden gleichsam der Bestie vorgeworfen. Seine lebensstrotzenden Ideen endeten schließlich wie abgenagte Knochen, die verstreut in der Höhle eines Zyklopen herumlagen.

»Und ich bin *nicht so* klug wie Odysseus.« Seine blaßblauen Augen bekamen ein stärkeres Leuchten, als wären sie plötzlich elektrisch aufgeladen. Es war klar, daß er sich genau so sah: schlau wie Odysseus. Er trickste die Bestie aus; er war mit einem ordentlichen Pensum täglichen Schreibens davongekommen.

»Das heißt«, sagte sie, »du hast dich selbst ausgetrickst.«

»Nein.« Er war noch nicht einmal bereit, diese offenkundige Tatsache zuzugeben.

»Du verstehst das nicht, das ist alles«, sagte er. »Aber du bist ja auch keine Schriftstellerin.«

Sie seufzte und stimmte ihm zu. Sie war keine Schriftstellerin. Dann sagte sie, er hätte vielleicht lieber über das Essen als über Reisen schreiben sollen.

Nein, er genieße das Reisen zu sehr, hatte er erwidert. Wieder spürte sie, daß sie keine Verbindung, keinen Kontakt, zu ihm herstellen konnte. Es war eine Farce. Sie sah auf den Teller mit den Pralinen, die der Ober zum Kaffee gebracht hatte, nahm eine, legte sie wieder zurück und fühlte sich noch einsamer.

8

Auf der anderen Seite der Lokalwand, hinter dem Grill und der Theke, befand sich eine kleine Küche. Der Koch schob die Speisen durch eine Durchreiche und klopfte laut gegen die Holztür, als hätte er so viele Bestellungen zu erledigen, daß er sich beeilen müsse, obwohl ihre doch die einzige war.

Anfangs war ihr der Koch irgendwie geheimnisvoll erschienen. Sie stellte ihn sich gern als jemanden vor, der der Welt entflohen war und die Küche als sein beständiges Versteck erwählt hatte, wo er ungestört Omelettes erfinden konnte, die eine ganze Speisekarte füllten.

Natürlich tauchte er von Zeit zu Zeit auf, um sich aus den Warmhaltekannen eine Tasse Kaffee einzugießen. Zum Kaffee rauchte er eine Zigarette. Dann standen zwei Leute am Ende der Theke, rauchten und sahen aus dem Fenster auf die Gleise hinaus. Das machten beide in solcher Einträchtigkeit und mit solcher Inbrunst, daß sie anfangs gedacht hatte, auf dem Bahnsteig gebe es tatsächlich etwas zu sehen. Als sie sich auf ihrem Stuhl umdrehte, um nachzusehen, passierte draußen gar nichts. Nie passierte da etwas, außer daß die Züge ankamen und abfuhren, und selbst dann kam es selten vor, daß jemand ein- oder ausstieg.

Während der Koch und die Kellnerin nebeneinander an der Theke lehnten, war ihre Unterhaltung spärlich, teilweise wurde sie durch Körperbewegungen ersetzt, die an die Stelle von Worten traten. Ein Achselzucken, ein Kopfschütteln, eine Hand, die in die Luft griff. Die Intimität dieses

Schweigens erstaunte sie, gleichzeitig war sie sicher, daß sich die Beziehung der beiden auf das Café beschränkte. Das Café gab ihr Bedeutung. Wie mochte der Koch seinen Job wohl empfinden – angesichts so weniger Gäste? Was machte er den ganzen Tag in der Küche, wenn sie der einzige Gast im Café war? Ob er auf seine Omelettes stolz war? Am Anfang hatte sie zu der Kellnerin gesagt, wie wundervoll die Omelettes zubereitet seien, und die hatte geantwortet, das werde sie dem Koch ausrichten. Genügte ihm ein einziges Kompliment, um weiterzumachen? Glaubte er, es sei der Mühe wert, weiterhin die Eier zu trennen? Nur ihre Mutter hatte Omelettes auf diese Weise gemacht und das Eiweiß zu steifem Schnee geschlagen. Jetzt war ihre Mutter tot.

Im Lauf der Jahre dachte sie immer häufiger an ihre Mutter, nicht weniger, und fühlte sich zunehmend beraubt. Sie nahm die Zeit immer verschwommener wahr, und die Einzelheiten entglitten ihr. Sie hatte das Gefühl, als löse sie sich in den Hintergrund auf, als würden ihre Umrisse weniger scharf, wie eine Gestalt auf einer Tapisserie, undeutlich und nicht genau herausgearbeitet. Soviel wie ein Mensch eben tun konnte, um die fahlen Farben seines Selbst vor dem völligen Verbleichen zu bewahren.

Sie erschauerte bei dem Gedanken, daß sich hinter diesen Mauern das Leben aufräufeln ließe wie ein Strickzeug, wenn man nicht furchtbar aufpaßte und mit größter Achtsamkeit die Maschen wieder aufnahm – wie Kinder, die ganz bewußt in die Abdrücke ihrer Fußspuren traten. Wie diese beiden, dachte sie, als sie die Kellnerin und den Koch ansah: Nachdem sie sich am Ende des Tages getrennt hatten, pflegten sie wohl nach Hause zu gehen, um bis zum nächsten Tag zu schlafen, dann aufzuwachen und wiederzukommen. Das war die einzig sichere Art und Weise.

An diesem Tag hatte es geschneit, Schnee, der mit Regen vermischt war, was ein irisierendes Muster ergab. Das Restaurant war ukrainisch und befand sich in einem Keller, was den dämmrigen Nachmittag noch dunkler erscheinen ließ. Aber es gefiel ihr im Innern, es paßte zu ihrer Stimmung.

Sie hatte es ausgesucht, weil er vor kurzem aus Odessa zurückgekehrt war, und sie dachte, es wäre passend. Ein wenig verächtlich hatte er es als eine ihrer »Entdeckungen« bezeichnet und hinzugefügt: » ... wo wir uns mit den Dienstboten die Ellbogen reiben können.« Das Personal der Lokale, die sie ausgesucht hatte, waren immer »die Dienstboten«. Aber er schien zufrieden zu sein, als er die Speisekarte sah, deren Auswahl an Gerichten seiner Meinung nach ziemlich authentisch wirkte. Sie wußte, daß das Essen schwer sein würde, sogar die klare Fleischbrühe war mit einem deftigen Schlag Nudeln angereichert. Aber es machte ihr nichts aus, denn das Restaurant entsprach ihrer Stimmung, wenn auch nicht ihrem Appetit.

Wie die anderen Lokale, in denen sie zu essen pflegten, war auch dieses zu dieser Stunde praktisch leer. Sie wies darauf hin, daß die einzigen Leute, mit denen sie sich die Ellbogen reiben könnten, eine Gruppe von Männern sei, die am anderen Ende des Raumes saßen, weit genug entfernt, so daß nur Bruchteile ihres Gesprächs zu hören waren – wenn jemand lachte und die Stimme erhob. Ansonsten war ihre Unterhaltung ein bloßes Murmeln, was sie als angenehm empfand, ein Geräusch, das sie an das Plätschern eines fließenden Bachs erinnerte.

Nachdem er die Speisekarte weggelegt und nach der Weinkarte gegriffen hatte, machte er eine Bemerkung über das hiesige Wetter und wie anders es doch in der Ukraine sei. Er sagte, daß die Temperatur in Odessa so tief gefallen war, daß die Minarette vollkommen in Eis gehüllt gewesen seien und wie Spindeln aus Spiegelglas ausgesehen hätten, und er habe gedacht, seine Hände würden zerbrechen, als trüge er Handschuhe aus Glas.

Sie war überrascht, da er eigentlich nie in Metaphern sprach. Sie sagte zu ihm, daß er gerade ein perfektes Bild vor ihren Augen habe entstehen lassen, und bat ihn fortzufahren. Statt dessen stieß er nur ein kurzes bellendes Lachen aus und fragte, was man denn über einen Ort wie Odessa oder Konstanza schon sagen könne?

Aber das *habe* er doch gerade getan, beharrte sie.

Darauf entgegnete er nichts, zuckte wieder auf diese ärgerliche Art mit den Schultern und studierte die Weinkarte.

Sie wußte, daß der Versuch zwecklos wäre, mehr aus ihm herauszubekommen. Also richtete sich ihr Interesse wieder auf den entfernten Tisch mit den drei Männern – Geschäftsleute, schätzte sie nach der Art ihrer Kleidung. Alle drei rauchten Zigarren und hatten Cognacgläser vor sich stehen. Seltsamerweise war sie froh, daß in dem Lokal das Rauchen von Zigarren gestattet war, denn die drei schienen es sehr zu genießen. Als sie wieder auf ihren Tisch zurücksah, brütete er immer noch über der Weinkarte, und sie fragte sich, ob ihm das ein ähnliches Vergnügen bereitete, wie eine Zigarre zu rauchen. Sie dachte wieder über die Geschäftsleute nach, die sich offensichtlich so großartig vergnügten. Sie hätte gern bei ihnen gesessen; sie beneidete sie um ihre zwanglose Freundschaft und die entspannte Haltung. Sie wäre nicht so gern diejenige gewesen, die unterhält, sondern diejenige, die unterhalten wird.

Und dann dachte sie an eine alte Fotografie ihres Vaters, der schon vor langem gestorben war und den sie kaum gekannt hatte, an den sie sich kaum erinnern konnte. Auf dem Foto waren er und drei andere Männer zu sehen – jüngere Männer, die an einem Flußufer versammelt waren. Doch es schien keinen Grund zu geben, sich dort zu versammeln, denn sie waren nicht fürs Schwimmen oder Fischen gekleidet, sondern alle trugen Geschäftsanzüge. Alle lächelten breit, alle hatten die Hosen über die Fußgelenke hochgerollt und die Füße ins Wasser gesteckt. Diesen Schnappschuß hatte sie in einen Spiegelrahmen gesteckt und sich oft gefragt, warum diese vier Männer in solcher Kleidung zu diesem Fluß gekommen waren. Waren sie auf dem Weg zur Arbeit oder zu einer Veranstaltung gewesen? Hatten sie aus einer Laune heraus beschlossen, anzuhalten und zum Ufer des Flusses zu gehen? Wo immer sie auch herkamen oder hingingen, sie alle hatten den gleichen kindlich unbeschwerten Ausdruck – ganz ähnlich wie die Geschäftsleute an dem entfernten Tisch. Wenn ihr Vater gelebt hätte, hätte es dann die Witze und das lockere Geplauder gegeben wie an dem Tisch dort drüben? Ja, so wäre es gewesen. Aber sie hatte keinen Anhaltspunkt dafür – außer dem Schnappschuß und der Art, wie er lächelte.

Der Ober war gekommen, um ihre Bestellung aufzunehmen, und sie entschied sich, ohne viel zu überlegen, für einen Fleischsalat. Er gab natürlich eine weitaus umfangreichere Bestellung auf und wählte als Hauptgang ein stark mariniertes Fleisch, das »wie Sauerbraten« sei, wie er ihr erklärte, den er eigentlich vorgezogen hätte – er hätte auch einen herrlichen Sauerbraten bekommen, wenn sie in sein deutsches Restaurant gegangen wären. Er seufzte tief und dramatisch auf. Er hatte Rotwein bestellt, wieder »einen dieser namenlosen Landweine«, weil die Karte nicht viel mehr Auswahl bot. Er seufzte wieder, überkreuzte die Beine neben dem Stuhl und starrte in die Luft.

Im Gegensatz zu ihr konnte er von seinem Platz aus die Geschäftsleute nicht so gut sehen. Sie konnte sie beobachten, ohne dabei gesehen zu werden. Es war unwahrscheinlich, daß die sich davon gestört gefühlt hätten. Inzwischen redete nicht mehr der Mann in der Mitte, sondern der, der rechts neben ihm saß und der den Eindruck vermittelte, daß er die anderen mit derselben Lockerheit unterhielt.

Es waren vollkommen Fremde für sie, und dennoch kam ein ängstliches Gefühl in ihr auf, als sie die ersten Anzeichen des Aufbruchs bei ihnen wahrnahm: Servietten, die auf den Tisch geworfen wurden, der letzte Schluck Cognac, die suchenden Blicke nach dem Ober, der Blick auf die Uhr und das Lachen. Sie sah wieder auf ihr Glas mit dem billigen Landwein. Die Kehle war ihr wie zugeschnürt, und sie hob das Glas, um einen Schluck zu trinken.

Dann kam sie wieder auf das Thema der ukrainischen Kälte zurück, wohl wissend, daß er alles gesagt hatte, was es seiner Meinung nach dazu zu sagen gab. »Ich bin nie in Odessa gewesen, und von Konstanza habe ich noch nicht einmal etwas gehört.«

Er nickte, als handle es sich um eine vernünftige Feststellung. »Ein Teil der Welt würde dir sicher gefallen. Du solltest reisen.« Er trank seinen Wein.

Verzweifelt machte sie die Augen fest zu. Denn er wußte ganz genau, daß sie nicht verreisen würde. Das sagte sie auch.

»Warum denn nicht? Du hast doch das Geld dazu.«

Sie setzte zur Erwiderung an, daß er ganz genau wisse, daß es darum nicht gehe, hielt sich dann aber zurück. Denn das hätte ihm erlaubt, sie in einen Streit zu verwickeln. Jedes weitere Gespräch über russische Winter wäre damit beendet gewesen. Er liebte es, sie auf Nebengleise zu führen, sie so zu verwirren, daß sie niemals dort ankam, wo sie eigentlich hinwollte. Sie versuchte, sich Odessa mit den vereisten Minaretten vorzustellen. »Liegt es am Schwarzen Meer?«

»Liegt es wo?« Er war gerade in den Anblick eines riesigen Stücks Schwarzbrot vertieft, das der Ober auf den Tisch gelegt hatte.

»O-des-sa.« Sie übertrug ihren Ärger in drei deutlich voneinander getrennte Silben.

Er ignorierte das und strich sich Butter aufs Brot.

Vor ihrem geistigen Auge sah sie die Minarette in der Sonne so strahlend hell leuchten wie Glas. Und Schnee, dessen Oberfläche unberührt war, die schwarzen Bäume, einen Park ohne Menschen. Aber sie gab es auf; sie hatte nicht die Vorstellungskraft dafür.

Am anderen Ende des Raums waren die Geschäftsleute aufgestanden, suchten in ihren Taschen und Brieftaschen nach Geld, das sie als Trinkgeld auf den Tisch warfen, und gingen dann in Richtung Tür. All dies fand statt, ohne daß sie ihr Gespräch unterbrochen oder mit dem Lachen aufgehört hätten.

Sie beobachtete sie jetzt ungeniert, und an der Tür sah einer der Männer zu ihr zurück und lächelte, als wolle er sagen: »Nur Mut.«

9

Vor einigen Monaten, als er von seinem Ausflug nach Polynesien zurückgekehrt war (denn so bezeichnete er seine Reisen – »Ausflüge« –, als messe er ihnen keinerlei Bedeutung bei und würdige sie damit herab), waren sie wieder zum Mittagessen gegangen, diesmal in ein Restaurant, das etwas Arktisches an sich hatte und voller Glas, Chrom, Granit und weißem Marmor war. Ob jedes Restaurant auf der Welt mit Muscheln etwas Seltsames anstellte, hatte sie ihn gefragt.

»Warum? Magst du sie nicht?« Er hörte sich argwöhnisch an, als wäre jede Frage, die sie ihm stellte, eine Falle, als wäre eine Bombe darin versteckt.

»Darum geht es ...« Worum es wirklich ging, war das, was sie sagen wollte. Er jedoch faßte es als einen Angriff auf seine Urteilskraft auf; er ging in Verteidigungsstellung, und alles endete damit, daß sie sich über Muscheln stritten. Besser gesagt: *Er* begann schließlich zu streiten. Es war leichter, einfach zu antworten, aber selbst dann wäre es besser gewesen, mit Ja zu antworten, denn wenn sie verneint hätte, wären sie ohnehin in Streit geraten. »Doch«, antwortete sie.

»Warum hast du sie dir dann nicht bestellt«, fragte er ironisch, »wenn sie dir schmecken?« Er gewann immer.

»Ich hatte heute Appetit auf Spargel. Der ist wirklich sehr gut.« Sie zeigte mit der Gabel auf die dünnen Spieße, die in der Mitte mit Sauce Hollandaise bedeckt waren. »Erzähl mir von deiner Reise.« Das tat er natürlich nicht, aber die Frage lenkte ihn zumindest von dem Streit über die Muscheln ab.

Er zuckte die Achseln. »Immer dasselbe.« Er brach sich ein Stück von einem Baguette ab und tunkte es in die weinhaltige Muschelflüssigkeit. »Ungewöhnlich heiß für die Jahreszeit. Und jede Menge Regen. So viel, daß, wenn du aufwachst, deine ganzen Kleider modrig sind.« Das betonte er, als wäre es das interessanteste Detail, das ihm einfiel. Irgendeine Art Splitter war ihm zwischen die Zähne geraten, und er machte sich mit seinem goldenen Zahnstocher daran zu schaffen.

»Ich wußte gar nicht, daß es auf Tahiti Jahreszeiten gibt.«

»Natürlich gibt es das. Überall gibt es Jahreszeiten. Man muß nur wissen, wie man sie erkennt.«

Herrliche Bilder stiegen in ihr auf, und sie lächelte. Sie sah, wie die »Jahreszeiten« sich versteckten: der Frühling hinter einem Baum, der Winter auf dem Dachboden, der Sommer im Gebüsch. »Ich glaube, ich habe mir Gegenden wie jene immer als ›gemäßigt‹ vorgestellt. In der ›gemäßigten Zone‹.« Sie lächelte ihn an, aber er bemerkte es nicht. Er war noch immer mit seinen Zähnen beschäftigt und hielt dabei höflich die Hand vor den Mund. Dann fügte er hinzu: »Der Winter ist trocken«, und pulte weiter in seinem Zahn.

Der Spargel war recht gut; beim Mittagessen bestellte sie sich sonst selten ein Horsd'œuvre. Als nächstes hatte sie einen Meeresfrüchtesalat gewählt, der ihr als zweiter und dritter Gang zugleich diente. Es war eine vernünftige Wahl, dennoch mußte er sie kritisieren. Sie sollte lieber etwas Warmes essen. Eine Weile monierte er das kalte Gericht, dann gab er es auf, weil ihm der Gegenstand zu langweilig war für einen Streit, obwohl ihn Langweiligkeit gewöhnlich nicht davon abhielt.

Als die Salate vor ihnen standen, kam sie wieder auf das Thema der Jahreszeiten auf den Inseln zurück. »Vielleicht handelt es sich dabei mehr um Monsunzeiten.« Hatte er sie gehört? Er widmete seine ganze Aufmerksamkeit dem Obstsalat: Papaya- und Orangenstückchen in einer Soße mit Arruba- und Mohnsamen. Sie sagte: »Aber es muß schön sein – ich meine auf diesen Inseln –, gleichgültig, zu welcher Jahreszeit.«

Diesmal hatte er sie verstanden und dachte vielleicht sogar ernsthaft über ihre Bemerkung nach, denn er warf den Kopf zurück und sah zur Decke. Es war ein Zeichen der Konzentration. Aber sie fand ihre Bemerkung über Schönheit, die sich in diesem Fall auf einen Ort wie Tahiti bezog, als vollkommen banal und sicherlich nicht bestreitbar. Doch aus der intensiven Aufmerksamkeit, die er nun dem Raum widmete, war zu schließen, daß er einen Streit vom Zaun brechen wollte. Nach einer Weile eingehender Betrachtung von Wand und Decke schüttelte er den Kopf und sagte: »Nicht so schön wie Maui.«

Das überraschte sie. »Aber ich dachte, Maui hätte dich überhaupt nicht beeindruckt!«

»Ich glaube nicht, daß ich mich so ausgedrückt habe. Es hat mich tatsächlich beeindruckt – aber nicht allzusehr.« Er tupfte sich einige Male mit der Serviette den Mund ab und sah an ihr vorbei auf das strahlend helle Fenster. »Verstehst du, es geht nicht um irgendeinen platonischen Begriff dessen, was du als ›Schönheit‹ bezeichnest, sondern um eine nicht ausdrückbare, nicht definierbare, ich würde sagen: flüchtige Qualität. Diese allgegenwärtigen Blau- und Grüntöne, die du mit Tahiti assoziierst, sind in Wirklichkeit relativ blaß, aber dennoch rein. Es ist diese Reinheit, die einen anzieht und ihre eigene Anziehungskraft transzendiert. ›Schönheit ist ein flüchtiger Augenblick im Geiste, das unstete ...‹« – er hielt einen Moment lang inne und starrte in die Luft, um sich an das Wort zu erinnern –, »›das unstete ... etwas ... von einem Irgendwas‹ wie Wallace Stevens sagen würde. Du kennst das Gedicht.« Er spießte ein Orangenstückchen auf.

Sie sah verständnislos drein, vollkommen überrascht von der Länge seiner Antwort, ganz zu schweigen von deren Inhalt – den Zeilen von Wallace Stevens, die er mit genausowenig Anteilnahme hergesagt hatte, wie er sie für das Orangenstück aufbrachte. Doch er schien seinen Zweck erreicht zu haben, denn er fuhr fort, seinen Salat zu essen, und hielt nur ab und zu inne, um eine getrocknete Preiselbeere zu entfernen. Für einen Augenblick versuchte sie, die kleine Rede in sich aufzunehmen – wie er seinen Salat, fand aber nichts, woran sie sich gedanklich hätte festklammern können. Entweder war sie furchtbar beschränkt, oder er hatte rein gar nichts gesagt.

Seine verstiegene Ausdrucksweise schien ihm genauso gut zu tun wie sein Obstsalat. Sie hatte eigentlich eher angenommen, daß er sich mittels dieser langatmigen und inhaltsleeren Definition über sie lustig machen wollte; das hätte zumindest von größerer Gedankentiefe gezeugt, als sie ihm je zugetraut hätte. Es wäre ihr lieber gewesen, wenn sie geglaubt hätte, es sei ironisch gemeint gewesen, und er habe sie wegen ihres bürgerlichen Begriffs von Schönheit auf die Schippe genommen. Und sich dann noch auf Wallace Stevens zu berufen! Es war das einzige Mal, daß er ein Gedicht zitiert hatte. Er war kein ironischer Mensch; er war ein Buchstabengläubiger durch und durch. Er würde sie völlig hilflos zurücklassen. Er selbst hatte keine Tiefe; er konnte den Dingen nicht auf den Grund gehen. Er lebte gewissermaßen in der Horizontalen – wie ein Mensch, der auf einem endlosen Meer treibt und nur durch seine aufgeblähte Kleidung am Untergang gehindert wird.

Sie drückte die Hände an die Schläfen. Sie wurde schon genauso schlimm wie er; es war, als hätten ihre inneren Stimmen beschlossen, laut zu reden. »O mein Gott ...« Sie stieß ein schwaches Lachen aus.

»Was ist los?«

»Nur ein wenig Kopfschmerzen.«

»Daraus schließe ich, daß du mir nicht zustimmst.«

»Daß ich nicht zustimme?« Sofort war sie argwöhnisch.

»Aus dem, was ich über den Begriff der Schönheit gesagt habe.« Er sah sie ärgerlich an.

O Gott. Sie konnte nicht einfach *nein* sagen. Er würde weiterzerren wie ein kleiner Hund an der Leine. Sie könnte aber etwas hinzufügen: »Ich habe über dieses Gedicht von Stevens nachgedacht. Es ist recht interessant.«

»Es ist dunkel und unklar«, stellte er fest.

Jetzt war sie vollständig verblüfft. Warum hatte er dann daraus zitiert?

»Dunkel«, wiederholte er. »Manchmal frage ich mich, ob Stevens ...« – er hielt inne, um noch eine Preiselbeere aus seinem Salat zu entfernen – » ... tatsächlich überhaupt etwas ausgesagt hat.«

10

In der Bibliothek hatte sie einen kleinen Band mit den Gedichten von Wallace Stevens gefunden, den sie jetzt im Bahnhofscafé aus der Tasche zog. Gemächlich trank sie ihren Nachmittagskaffee und hatte beschlossen, dazu ein überbackenes Käsesandwich zu essen.

Beauty is momentary in the mind ...
The fitful tracing of a portal;
But in the flesh it is immortal

Das ist wundervoll, dachte sie, aber schwierig. Mehr als alles andere erstaunte es sie, daß er sich darauf bezogen hatte. Sie hätte gedacht, Wallace Stevens würde ihm nichts bedeuten, und da waren die Worte, an die er sich nicht erinnert hatte. Offensichtlich war es ihm nicht in den Sinn gekommen, daß man kein einziges Wort auslassen durfte, wenn man die Bedeutung des Gedichts nicht verfehlen wollte.

Sie seufzte, schloß das Buch und steckte es wieder in die Tasche. Sie nahm das letzte Stück ihres Sandwichs in die Hand und dachte über das damalige Mittagessen nach: *Du gehst weiterhin mit ihm zum Essen, weil du dich überlegen fühlst.* Daraufhin fühlte sie sich ziemlich hilflos, denn wenn sie sich überlegen vorkam, war jede Kommunikation ausgeschlossen, weil man schon aufgegeben hatte. Das bedrückte sie, und sie sah sich nach der Kellnerin um.

Die Kellnerin und der Koch standen nebeneinander am Ende der Theke und sahen zu einem Güterzug hinaus, der

Funken sprühte und ratterte, als wäre er in voller Fahrt, obwohl er angehalten hatte. Der Stationsvorsteher stand mit einem Gepäckwagen am Gleis, auf dem Postsäcke lagen, die in einen der Wagen umgeladen wurden. Im Innern des Frachtabteils reichte ein Mann, dessen T-Shirt-Ärmel bis zu den Schultern hochgerollt waren, einen der Kartons zu einem Arbeiter auf dem Bahnsteig hinunter. Er stellte den Karton auf den Transportwagen.

Sie bewunderte diesen Vorgang; er war einfach, und jeder erfüllte eine klar vorgeschriebene Rolle. Sie sah zu (zusammen mit dem Koch und der Kellnerin), wie die Arbeiter die Kartons hochhoben, hinunterreichten und abstellten, wobei sie mit großer Vorsicht agierten, als handle es sich um einen zerbrechlichen Inhalt. Nachdem das getan war, setzte der Zug sich wieder in Bewegung und fuhr quietschend das Gleis entlang, als wolle er jetzt nur widerstrebend den Bahnhof verlassen, als wolle er lieber hier stehenbleiben und die eigene Stärke testen.

Dann wurde die Cafétür aufgerissen, und eine Gruppe junger Leute strömte herein. Oberschüler oder vielleicht College-Studenten. Es war schwierig, ihr Alter zu schätzen. Früher hatte sie selbst eine Zeitlang an der hiesigen Oberschule unterrichtet, bis sie es nicht mehr ausgehalten hatte. Einige von ihnen hatte sie schon einmal im Café gesehen. Am Wochenende brachen gelegentlich diese oder andere lärmend hier ein, wie Sträflinge aus einem Gefängnis, die sich austobten. Sie waren ausgelassen und besitzergreifend, zerrten sofort an dem Mobiliar herum und schoben die Tische zusammen. Sie konnte sich nicht vorstellen, warum es sie gerade in dieses Café zog. Hier wurde kein Alkohol ausgeschenkt, nicht einmal Bier, und diese jungen Leute waren sichtlich angetrunken. Mochten sie es gerade deswegen, weil es so ruhig und uninteressant war und ihnen das Gefühl gab, sie könnten es leichter unter ihre Kontrolle bringen? Sie lärmten, waren unzugänglich und konnten sich noch nicht einmal ruhig verhalten, wenn sie saßen. Was sie sich erzählten oder zubrüllten, hätte man für eine fremde Sprache halten können. Wie dazu ermächtigt, verhielten sie sich so, als könnten sie tun, was sie wollten.

Sie warfen Sachen herum und schleuderten Zigarettenschachteln und Streichhölzer durch die Luft; sie schleppten noch mehr Stühle heran, um ihre Füße daraufzulegen. Das Mädchen am Ende des Tisches, die lauteste von allen, war vermutlich die inoffizielle Anführerin. Alle Rudel hatten einen Anführer. Sie war ganz in Schwarz gekleidet: Stiefel, Jeans, die Satinbluse und der breitkrempige Hut. Sie war es auch, die nach der Bedienung rief.

Sie selbst wäre nie imstande gewesen, sich gegen diese Gruppe durchzusetzen, die zweifellos von der Oberschule war. Sie sahen älter aus, aber mit den Jahren schienen alle Kinder für sie älter auszusehen. Wenn sie mit dieser Meute in einem Klassenzimmer zu tun gehabt hätte, wäre sie einfach davongelaufen. Jetzt dankte sie Gott für die Erbschaft, die ihre Eltern ihr hinterlassen hatten. Sich das einzugestehen beschämte sie, und sie wandte ihr heißes Gesicht dem Buch von Stevens zu.

Die Kellnerin ging auf ihre übliche träge Weise an den Tisch der jungen Leute und nahm – vollkommen ungerührt von deren Aussehen, Forderungen oder Kommentaren – ihren Block heraus. Natürlich ärgerten sie sie, indem sie abfällige Bemerkungen über das Café machten. Die Gruppe schien sich wie eine Schar antiker griechischer Krieger vorzukommen, wie die Eroberer von ganzen Städten. Aber die Kellnerin machte weder ein finsteres Gesicht, noch lächelte sie. Ihre Selbstbeherrschung war bewundernswert. Ausdruckslos steckte sie sich schließlich den Bleistift hinters Ohr und ging weg, hielt aber einen Moment lang inne, sah durchs Lokal und blinzelte ihr zu.

Es war, als hätten sie ein gemeinsames Geheimnis aufgrund ihrer Einschätzung der ungebärdigen Teenager, aber es war noch mehr: ein Geheimnis des Überlebens.

11

»La Paz? Der Amazonas? Ich war noch nicht einmal sicher, ob der Amazonas in Bolivien ist!« Das sagte sie, als sie von ihrer Speisekarte aufsah.

Das Restaurant war klein und einfach, ein italienisches Lokal. Auf den runden Tischen lagen rot- und weißkarierte Tischdecken, und auf jedem stand ein Wasserglas mit dünnen trockenen Brotstangen. Die Grünpflanzen waren aus Plastik und ein wenig staubig. Sie aßen selten in einem Restaurant, das sie ausgewählt hatte, und dies war eines davon. Doch gleichgültig, welches Vergnügen ihr ein Essen in einem kleinen warmen und gemütlichen Restaurant auch bieten mochte, es wurde ihr im Lauf der Mahlzeit verdorben, weil er das Lokal kritisierte.

Jetzt seufzte er tief auf und sagte: »Ich kann mir nicht vorstellen, warum es dir hier gefällt. Es gibt Pasta mit fünfzehn verschiedenen Soßen, und das ist ungefähr alles.«

Ihr eigenes Seufzen verdankte sich eher dem Behagen als dem Mißvergnügen. »Erinnerst du dich noch, daß wir einmal alles ›Spaghetti‹ genannt haben?«

Stirnrunzelnd sah er über den Rand seiner Speisekarte hinweg. »Es ist Pasta. Spaghetti sind nur eine bestimmte Sorte davon.«

Er nahm alles so wörtlich. »Ich weiß, aber es gab eine Zeit, als wir – sicher war ich nicht die einzige! – nachlässig alles ›Spaghetti‹ nannten, und das beinhaltete auch die Soße: Fleischsoße oder Fleischklößchen. Ich werde danach fragen, nach Tomatensoße und Fleischklößchen.«

Mit einem Schnauben und einem Lächeln, das eher einem höhnischen Grinsen glich, antwortete er: »Dann wirst du enttäuscht sein. Das gibt es nicht.« Er wedelte mit der Speisekarte. Er hatte einen winzigen Sieg errungen. Eine Entschädigung dafür, daß er in diesem durchschnittlichen Lokal essen mußte.

Spaghetti mit Fleischklößchen. Darüber geriet sie ins Träumen, und sie schloß die Augen. Als sie sie wieder öffnete, studierte er noch immer die Speisekarte.

Der Ober kam, und sie fragte, ob es möglich sei, Spaghetti mit Fleischklößchen anstelle der Fleischsoße zu bekommen. Höflich und mit starkem Akzent erklärte er ihr, daß der Koch das vielleicht so zubereiten könne.

Ihr Freund klatschte die Speisekarte auf den Tisch und sagte: »Ich nehme zuerst das Antipasto – es sind hoffentlich keine Calamari drin, oder? Die hasse ich nämlich.« Der Ober versicherte ihm, daß keine darin seien. »Danach nehme ich Linguini mit Muscheln.« Der Ober lächelte und ging weg.

Stand das tatsächlich auf der Speisekarte? Sie warf nochmals einen Blick hinein, um nachzusehen. Ja, da stand es. Aber sie gab keinen Kommentar dazu ab.

Er war damit beschäftigt, eine Brotstange zu kauen, die er nicht nur als steinhart, sondern auch als geschmacklos bezeichnete; er reckte den Kopf, um sich im Lokal umzusehen. Schließlich entschied er sich, der Unterhaltung am Nebentisch zuzuhören.

Aber der Mann und die Frau sprachen zu leise für ihn, obwohl er sich zurücklehnte und die Ohren aufsperrte.

»Wann fährst du weg?«

Seine Augenbrauen schossen nach oben, als verstehe er die Frage nicht; dann begriff er und sagte: »Nächste Woche.«

»Bolivien. Der Amazonas. Das klingt wundervoll.«

»Ja, nun, du kannst das sagen. Du mußt ja nicht hinfahren.«

Überrascht lehnte sie sich zurück. »Müssen? Aber sie zwingen dich doch nicht, einen bestimmten Ort aufzusuchen, nicht wahr?« Das *sie* bezog sich auf etwas Unbestimmtes; es konnten Lektoren, Verleger oder Werbeleute gemeint sein – oder alle zusammen. »Schließlich schreibst du doch keine Artikel für Magazine!«

»Gott sei Dank!« Sein Lachen klang heiser.

»Du schreibst ganze Bücher.« Es erstaunte sie, daß er davon bereits sieben veröffentlicht hatte – oder waren es acht? Und daß sie als ziemlich solide und informativ angesehen wurden und eine ansehnliche Leserschaft hatten. Sie selbst tat sich schwer, sich in sie einzulesen, aber das betrachtete sie als ihren Fehler, nicht als den seinen. Reiseliteratur beängstigte sie. Sie malte sich zwar exotische Gegenden aus, wie es jedermann tat. Aber die Vorstellung, tatsächlich die Koffer zu packen und dorthin zu reisen, überstieg ihre Fähigkeiten. Ihre Sinne würden überflutet werden, Straßenschilder würden sie verwirren; sie würde nur nach einem Platz suchen, wo sie sich hinsetzen könnte. »Sie können dich doch nicht einfach irgendwo hinbeordern.«

»Nein, nicht direkt.« Er hielt in jeder Hand eine Brotstange und begutachtete zuerst die eine, dann die andere. »Sie haben mir ein paar Ziele vorgeschlagen. Ägypten etwa oder Österreich. Du weißt schon, der Nil, die Donau. Sie wollen diesmal ein Buch über einen Fluß. Ich habe zuviel an Land herumgestöbert, also wollen sie diesmal einen Fluß.«

»Aber ...« Sie war verblüfft, daß sie mit ihren Wünschen genauso vage blieben wie er mit seiner Bereitschaft, sie zu erfüllen. Und dennoch, die Bücher wurden geschrieben, sie wurden lektoriert und herausgegeben. Und verkauft. Sie wußte nicht, warum, aber sie hatte das Gefühl, gegen diese Art von Schreiben und Verlegen, das einfach so aufs Geratewohl erfolgte, etwas einwenden zu müssen. Doch sie hatte keineswegs die Absicht, in eine Diskussion über den Prozeß des Schreibens als solchen verwickelt zu werden. Sie würde sich einfach an ihn und sein nächstes Reiseziel halten. Gab es in Bolivien keinen Regenwald? Und floß nicht der Amazonas durch den hindurch? Bilder überschwemmten sie, weil sie sich in einem langen Rindenkanu sah, das an Ufern mit üppigen grünen Farnen und dichten herabhängenden Schlingpflanzen entlangfuhr, an denen es Vögel mit leuchtendbuntem Gefieder gab, und alles erschien ihr wie in blaue Schatten getaucht ... Dann stellte sie sich einen Ruf vor, der die Stille zerriß, klatschendes Wasser, einen Schrei. Sie erschauerte. Sie beobachtete, wie er die harten dünnen Brotstangen als Trommelstöcke benutzte und – rat-tat-tat-tat – damit auf die Tischkante klopfte.

Obwohl sie keinen Anlaß hatte, ihn für einen Feigling zu halten, glaubte sie auch nicht, daß er ein mutiger Mann war. Daher kam ihr diese Reise zum Amazonas, die er möglicherweise ohne Führer unternähme, als vollkommen widernatürlich für ihn vor. Er setzte sich nicht gern dem Zufall aus. Sogar ihre Wahl des Restaurants machte ihn nervös. Die kurze Strecke vom Eingang zum Tisch, die er hinter einem Oberkellner oder, wie im Fall dieses schlichten Restaurants, hinter einem der Kellner zurücklegte, versetzte ihn immer in gereizte Stimmung. Er flüsterte Dinge wie: »Es ist immer dasselbe, nicht wahr? Es ist ein Familienbetrieb; die Familie führt es, also weißt du, welche Art von Essen wir hier kriegen.« Er ging ganz dicht hinter ihr, trat ihr fast auf die Fersen, als hätten sie sich auf einer Safari verirrt und sähen sich nun der Gnade eines unzuverlässigen Führers ausgesetzt. Auf diesen Exkursionen in eines *ihrer* Restaurants oder Cafés schien es absolut von ihr abzuhängen, sie beide wieder lebendig herauszubringen.

»Machst du diese Reise denn allein?« fragte sie, während er weiter mit den Brotstangen trommelte und zwischendurch mit hellem Ton auf den Rand seines Wasserglases schlug. Offensichtlich war dies die Zimbel. Ärgerlich legte sie ihre Hand auf die seine. »Ich wünschte, du würdest zuhören.«

»Was? Wo zum Teufel bleibt das Essen? Wie lange dauert es denn, das Zeug aus den Büchsen zu nehmen und auf einen Teller zu schütten? Darauf kannst du wetten: Nichts ist hausgemacht. Damit legen dich diese Familienbetriebe rein. Also? Wem soll ich zuhören? Hast du was gesagt? Nein.«

Sie bekam Kopfschmerzen. »Ich habe dir eine Frage gestellt. Kommen noch andere auf diesen ›Ausflug‹ mit? Du hast doch sicher einen Führer.«

Aber er wirkte uninteressiert. Er hatte die Weinkarte mit dem tiefroten Einband zu sich herübergezogen. »Wir haben den Wein vergessen. Was hast du gesagt?«

»Ein *Führer* ... wirst du einen Führer haben?«

»Vermutlich.«

»Weil du solch eine Reise doch kaum allein unternehmen kannst. Nicht einmal Marlowe hat das getan!«

»Wer?«

»Marlowe. Das *Herz der Finsternis.«*

»Ach ja. Kurtz und so weiter. Was sagst du zu einer Flasche Pouilly-Fusse?« Sie fand seine Bemerkung über Kurtz »und so weiter« ziemlich arrogant. Vor ihrem geistigen Auge konnte sie sehen, wie in der Dämmerung dunkle Schatten lebendig wurden und sich so geräuschlos auf sein zerbrechliches Boot zubewegten, daß sie kaum das Wasser teilten; dann blitzten elfenbeinfarbene Zähne auf. War es nicht genau das, was Conrad meinte? Der wilde Aspekt der Zivilisation? Sie drängten auf sie zu, still, unerbittlich. Sie versuchte, ihre Gänsehaut loszuwerden, indem sie sich mit den Händen die Unterarme rieb. »Die Sache ist *die:* Es ist gefährlich.«

Aber er rief den Ober, um seine Weinbestellung aufzugeben. Es blieb bei dem Pouilly-Fusse. Er brauchte ihre Einwilligung nicht.

Sie wiederholte ihre Bemerkung. »Ich *sagte:* Ist es nicht gefährlich?«

Er zuckte die Achseln, als wolle er ihre Frage als unwesentlich abtun. »Teilweise vielleicht schon. Ich hätte den Burgunder bestellen sollen. Verdammt.« Er öffnete die Weinkarte noch einmal.

»Ja, aber *welche* Teile? Und auf welcher Route wirst du reisen?«

Ihre Augen waren nun auf den Ober gerichtet, der den Wein brachte. »Ich hoffe, dieser Wein hat genügend Körper, um sich gegen die Pasta zu behaupten.« Nachdem der Ober eingeschenkt hatte, vollführte er sein übliches Ritual des Anstarrens, Herumschwenkens und Probierens. Er brauchte eine ganze Weile, bis er beschloß, den Wein als annehmbar zu bezeichnen. Schließlich nickte er und bedeutete dem Ober, er möge einschenken.

Wein war ein Thema, über das er nicht nur kennerhaft, sondern konkret sprechen konnte. Die Weinkarte studierte er immer mit großer Aufmerksamkeit, bevor er wählte. Der Wein war sehr gut, da sie aber so wenig darüber wußte und so wenige große Weine getrunken hatte, war sie keineswegs sicher, ob sie ihrem Gaumen trauen konnte. Schon einige Male hatte sie einen Wein als besonders gut bezeichnet, der seiner Ansicht nach zu sehr nach Essig schmeckte, ein riskanter Jahrgang war oder aus einer zweifelhaften Lage stammte.

All dies hatte er seiner Aussage gemäß während seines Aufenthalts in Burgund gelernt. Er habe wenig Ahnung von der Sache gehabt, bevor er dort gewesen sei. Und er hatte vorgeschlagen, sie solle ebenfalls dorthin fahren. Sie solle besonders auf einen Hang in der Nähe von Puligny-Montrachet achten.

Sie konnte nicht anders, als ihn nur ungläubig anzustarren. Einen bestimmten Hang: Sie würde nicht nur diesen »besonderen Hang« nie sehen, sie würde weder Burgund noch überhaupt Frankreich zu Gesicht bekommen. Als sie das sagte, reagierte er mit gespieltem Erstaunen und zog die Augenbrauen hoch: Warum nicht? Sie habe doch Geld, oder? Sie habe doch ihre Erbschaft, nicht wahr?

Aber sie konnte nicht so einfach die Orte wechseln wie er, sich so unbekümmert die Erde von den Schuhen klopfen. Daraufhin machte er die übliche wegwerfende Handbewegung und sagte, daß er bezweifle, daß das überhaupt zutreffe. Er verhielt sich wie ein Erwachsener gegenüber Kindern, wenn der ihnen versicherte, der schwarze Mann sei nicht unter dem Bett, was sich aber nicht beweisen läßt, da sich schwarze Männer im Nu in Luft auflösen können. Na ja, sie war vielleicht ein Kind, aber er war sicherlich kein Erwachsener. Seine Annahme, alle würden sich so verhalten wie er, erstaunte sie. Nun gut, darin äußerte sich ein Mangel an Eitelkeit, aber auch eine gefühllose Mißachtung der Grenzen der anderen. Vermutlich würde er wieder darauf zu sprechen kommen, wenn er sich länger bei der ersten Kostprobe seines Weins aufhielt. Lieber nicht, hoffte sie.

Mit der Reise zum Amazonas fortzufahren war jetzt unmöglich. Sie wechselte das Thema. »Dann mußt du also dein Kapitel über Tahiti beendet haben?«

»Tahiti.« Er nickte und fand die Brotstangen offenbar unwiderstehlich. Er trommelte wieder, aber leise.

»Nun, ist dir ein... Thema dafür eingefallen?« Sie wußte nicht, wie sie es sonst ausdrücken sollte. Das Antipasto war serviert worden und bewahrte ihn davor, antworten zu müssen. Sie wartete einen Augenblick, während er sich Aubergine und Salami auf den Teller lud. Sie selbst nahm eine schwarze Olive. Sie machte sich nichts aus Antipasto. Dann fragte sie: »Worum handelt es sich?«

»Worum handelt es sich?« Umständlich steckte er sich eine Serviette unters Kinn.

»Worum handelt es sich bei dem *Thema,* das du gefunden hast.«

»Ach das. Schönheit. Erstaunlich, aber du hast mir dabei tatsächlich ein wenig geholfen.«

Sie starrte ihn an. *Schönheit?* Das erstaunte sie mehr, als daß er gesagt hatte, sie sei ihm eine Hilfe gewesen. Schönheit? Sicher nicht. Er hatte sich doch sicher nicht von dieser unverständlichen Rede inspirieren lassen, während deren er das Gedicht von Wallace Stevens hervorgestammelt hatte? Offensichtlich aber doch. Denn er tat es wieder.

Eine Brotstange schwingend, zitierte er: »›Schönheit ist ein flüchtiger Augenblick im Geiste, das unstete etwas, von etwas.‹« Bei jedem »etwas« ließ er die Brotstange nach unten schwingen. »Das hat mich auf die Idee gebracht. Du hast Maui angesprochen. Du hast gesagt, es habe mich nicht beeindruckt.«

Daß er sich an die Unterhaltung erinnerte, erstaunte sie genauso wie die Tatsache, daß er sich danach richtete und etwas schriftlich Verwertbares darin entdeckte.

Er fuhr fort: »Es hat mich auf den Gedanken gebracht, daß Schönheit relativ ist.«

»Tahiti und Maui meinst du? Ich verstehe nicht, wie ...«

»Nein, nein, nicht direkt.«

Der Ober unterbrach sie mit zwei Tellern dampfender Pasta und segelte dann wieder davon. Sie sagte nichts, um ihm Zeit zu lassen, sich mit seinen Linguini vertraut zu machen.

»Was hast du über die Schönheit gesagt?« fragte sie ihn.

Geschickt wickelte er mit der Gabel die Linguini zu einem perfekten Knoten, von dem keine losen Enden herabhingen. »Was ich gesagt habe? Ziemlich das gleiche, was ich dir schon gesagt habe.«

Sie seufzte. »Oh. Das.« Es war hoffnungslos.

12

Manchmal versuchte sie, sich die Welt vorzustellen, in der *sie* lebten.

Sie saß auf einer der Bänke auf dem Bahnsteig und sah zu der Bank auf dem gegenüberliegenden Bahnsteig hinüber, auf der schweigend ein Paar in mittleren Jahren saß.

Die Welt, in der *sie* lebten. Sie belegten elegante Büros in einem Gebäude aus Glas und Beton. Hoch oben, mit einer Aussicht über Parks und Flüsse. In ihrer Vorstellung waren es jugendliche, energische Männer, die ewig Teile von Manuskripten ergriffen und wieder ablegten. Sie saßen selten an ihren Schreibtischen; gewöhnlich waren sie in Bewegung, immer in Eile.

Sie wußte nicht, wie seine Beziehung mit *ihnen* aussah. Sie hatte versucht, ihn zu einer näheren Beschreibung von *ihnen* zu bewegen. Er müsse doch – hatte sie gesagt – einen bestimmten Lektor haben, dem er Bericht erstatte. War dieser Lektor männlich oder weiblich? (Sie konnte sich nicht vorstellen, daß er mit einer Frau zu tun hatte.) Es gelang ihm, der Frage auszuweichen. Er sprach selten über die technische Seite des Verlagswesens, außer in seinen üblichen vagen Formulierungen. *Sie behaupten, sie wollen dieses Buch im Frühling herausbringen.*

Sie fand es interessant, daß es »Jahreszeiten« für die Herausgabe von Büchern gab. Frühling, Sommer, Herbst, Winter. Sie saß auf einer der Bänke, die den Bahnsteig säumten, und stellte wunderliche Vermutungen darüber an, was die jeweilige »Jahreszeit« hervorbrachte. Würde der Herbst damit beginnen, daß Blätter aus Büchern herabsegelten und den Boden bedeckten? Würde es im Winter zu Schneeballen zusammengedrückte Seiten geben, die vergessen in hohen Schneeverwehungen herumlagen, oder Bestseller, die die Leser sich zuwarfen und dabei zusahen, wie sie zerstoben und sich auflösten? Würde der Frühling mit winzigen neuen Bändchen einsetzen, die aus Buchregalen sprossen wie Bohnenreihen?

Auf diese Weise unterhielt sie sich manchmal auf dem Bahnsteig und dachte über die geheimnisvollen Verlagsleute mit ihren undefinierten Plänen und seltsamen Vorhaben nach.

Sie mochte den Bahnsteig. Es war freier, leerer Raum, der sich, wie die Gleise, so weit erstreckte, wie das Auge reichte. Nichts war darauf, außer ein paar Bänken und dem Wagen, der manchmal mit Post und Kartons beladen, aber oft leer war. Gelegentlich stieg ein Fahrgast ein, und ein anderer stieg aus. Es war, als müsse eine genaue Verteilung des Gewichts eingehalten werden, um die Balance zu gewährleisten.

Wie seltsam, daß ein Bahnhof, der gewöhnlich der Inbegriff von Hast, Gedränge und nervösem Warten war, einen besseren Ort zum Nachdenken abgab als das eigene Zimmer oder die Bibliothek. In der Bibliothek wollten die Menschen auf sich aufmerksam machen; deshalb husteten sie dauernd, scharrten mit den Stühlen, gingen herum, räusperten sich und flüsterten. Ganz so, als müßten sie ständig überprüfen, daß sie noch existierten, weil ihnen die Möglichkeit des normalen Gesprächs fehlte.

Auf dem Bahnsteig nahmen sie sich zurück. Es war zu spät, um etwas zu ändern; die Entscheidung war getroffen, die Fahrscheine waren gekauft, die Koffer gepackt, die Würfel waren gefallen – es gab keinen Blick zurück. Wie heute bei diesem älteren Paar auf der anderen Seite der Gleise. Reglos wie Statuen saßen sie da; sie unterhielten sich nicht und sahen sich nicht an. Ab und zu drehten sie die Köpfe, um die Gleise hinunterzuschauen, er nach rechts, sie nach links, als wäre noch nicht einmal sicher, aus welcher Richtung die Züge einfahren würden.

Eine Erschütterung ging durch die Luft. Das Mikrophon des Lautsprechers zerriß die Stille; es knisterte, als wäre es zerbrochen, und ließ dann die Stimme des Stationsvorstehers erschallen: »Auf Gleis zwei fährt ein der Zug aus ...« An dieser Stelle brachen die Worte ab, verschwammen, waren nicht mehr zu verstehen. Gerade an dieser wichtigen Stelle verstand man nichts. Es faszinierte sie, wie die Stimme undeutlicher und angestrengter klang, sich nasaler anhörte, bis sie vollkommen unterging.

Unten am Gleis fuhr der Zug ein. Der Mann und die Frau auf der anderen Seite sahen sich an und redeten zum erstenmal miteinander. Natürlich konnte sie die beiden nicht verstehen, aber sie wußte, daß sie sich fragten, ob dies ihr Zug sei. Er zuckte die Achseln, sie stand halb auf, er zog sie wieder runter. *Hat er gesagt, ob das unserer ist ...? Hast du das verstanden? Wo ...? Ich weiß nicht, ich konnte es nicht verstehen ... Warum können diese Leute denn nicht deutlicher reden?*

Der Zug bremste, blieb stehen, aber ungeduldig. Das Paar stieg ein. Der Zug machte ein schreckliches Getöse, ratterte und stöhnte, sprühte Funken und schickte sich an, wieder loszurattern. Wieder knisterte der Lautsprecher: »Der Zug auf Gleis zwei nach ...« Die Stimme wurde leiser, und die Worte zerbrachen in Stücke. Sie fand es unterhaltsam, sich vorzustellen, daß der Stationsvorsteher vergessen hatte, durch welche Klein- und Großstädte der Zug fuhr, und jetzt andere Namen erfand – in der Hoffnung, daß es niemand bemerken würde. Doch beim einfahrenden Zug hatte man keine solchen Schwierigkeiten wie beim abfahrenden. Saß man im einfahrenden Zug, war man zumindest angekommen und wollte bleiben. Vermutlich sprach der Schaffner auch deutlicher als der Stationsvorsteher. Beim abfahrenden war das ganz anders, denn man konnte sich nur auf den Stationsvorsteher verlassen. Sie hatte abreisende Fahrgäste gesehen, die sich verwirrt ansahen. *Ist das unserer? ... Fährt dieser Zug nach ...? Vielleicht sollten wir einsteigen ...*

Es gefiel ihr, sich Zielorte auszudenken: *Der Zug fährt ab nach: Tahiti ... Maui ... Aix-en-Provence ... La Paz ...* Und sie stellte sich vor, wie ihr Freund zum Schalter eilte und den Stationsvorsteher bäte, alle Zielorte noch einmal zu wiederholen.

13

Die leeren Pastateller wurden von einem Hilfskellner abgeräumt. Ihnen wurden Dessertkarten gereicht, und anstelle der Teller stand nun Kaffee auf dem Tisch.

Sie hatte gerade daran gedacht, wie bewundernswert es war, daß er ihr auf ihre Fragen nie geantwortet hatte: »Lies doch das Buch.« Natürlich wurden die Fragen über die jeweilige Reise oft gestellt, bevor das Buch geschrieben war. Aber, wie so oft, fragte sie ihn nach vergangenen Reisen. Die meisten Schriftsteller, sogar die bescheidenen, wären sicher egozentrisch genug gewesen, um zu antworten: »Es steht alles im Buch. Hast du es denn nicht gelesen?«

Vielleicht – es war eine seltsame Erklärung – *wollte* er sich an die Bücher genausowenig erinnern wie an die Orte. Doch mittels des Schreibens über seine Reiseziele eignete er sie sich an; in gewisser Weise wurden sie sein eigen. Aber sie hätte diese Meinung nicht äußern sollen, denn darin sah er nur einen weiteren Gegenstand, über den man sich streiten konnte.

»Das ist einfach lächerlich«, sagte er, als der Ober weggegangen war. Er sah in die Karte. Die Schwierigkeit bei dir ist, daß du zu den Leuten gehörst, die glauben, Reisen seien Parabeln, Metaphern der Entdeckung. Aber das sind sie nicht.« Er legte die Speisekarte weg.

Sie wurde rot. »Das glaube ich nicht.« Oder doch?

»Zumindest denkst du, Reisen sollten belehrend sein.« Er würde sie zwingen, irgendeine falsche Denkweise einzugestehen.

»Aber würde das nicht jeder annehmen: daß Reisen ›belehrend‹ sein sollten?«

Er seufzte und nahm wieder die Speisekarte auf.

»Vergib mir, daß ich deinetwegen nicht Kurtz sein kann.«

War das eine Antwort? Sie war verblüfft. Aber so verhielt er sich bei Gesprächen immer. Er steuerte seine eigene Fahrrinne entlang, hatte offensichtlich keine Ahnung, was die anderen meinten, und konnte, ganz wie es ihm paßte, in jeden neuen Flußarm oder Wasserlauf einbiegen.

»Nein, ich sehe dich nicht mit einem Halsband aus Schrumpfköpfen zurückkommen.« Sie starrte auf ihren schwarzen, dickflüssigen Espresso und tat die geraspelte Zitronenschale hinein.

Er gab ein glucksendes, abwehrendes Geräusch von sich.

»Auch nicht als Marlowe«, fuhr sie fort. »Ich erwarte nicht von dir, daß du Marlowe bist.« Sie rührte Zucker in ihren Kaffee und fragte sich, ob das wirklich stimmte.

»Das Problem ist, du hast irgendein Stereotyp im Kopf ...«

»Was für eins denn? Ich bin nicht mal in der Nähe von Orten wie diesem kleinen Dorf in Burgund gewesen ...«

»Tahiti. Polynesien. Die Tuamotus. Erzähl mir nicht, du hättest keine Bilder im Kopf von *diesem* Teil der Welt!«

Es war, als hätte sie versucht, ihn über ihren Mangel an Wissen zu täuschen. »Ich habe von den Tuamotus noch nicht einmal *gehört* ...«

Aber er redete weiter. »Das Problem ist, du möchtest, daß diese Gegenden mehr sind, als sie tatsächlich darstellen.«

»Was stellen sie denn dar?« platzte sie heraus. »Darum geht's mir doch. *Was* sind sie? Du ...« Sie brach ab, da ihr klar wurde, wie albern es wäre zu sagen: *Du beschreibst sie ja nicht.* Der Mann schrieb schließlich *Bücher* über diese Gegenden. Also was meinte sie? Ihre Finger umklammerten die kleine Tasse, und sie starrte auf die Kerze in der roten Glaskugel.

»Was tue ich? Was wolltest du sagen?«

»Nichts. Nichts.« Warum hatte sie damit angefangen? Es war lächerlich. Sie hatte in seinen Büchern nur herumgelesen, ein wenig rumgeschmökert, nicht aus Loyalität, sondern aus Neugier. Es hatte sie überrascht, daß die Stimme in diesen Büchern so vollkommen anders war als diejenige, die über den Tisch drang. Die Stimme des Schriftstellers war enthusiastisch, neugierig, zuweilen strahlend, vollkommen konzentriert auf die Einzelheiten der Reise. Fast wie vollgesogen. Angefüllt mit Details: die Temperatur am Rand eines Strandes aus schwarzem Sand; das Muster eines Schals, den eine alte Eingeborenenfrau in Mauritius trug; deren Hut, seine Farbe, so rot wie Blutorangen.

Er selbst entdeckte keine Diskrepanz zwischen seinem schreibenden und seinem essenden Selbst, seiner sozialen Persönlichkeit.

Sie beendete ihre Feststellung: »Du glaubst also nicht, daß diese Gegenden mehr sind als die Bedeutung, die du ihnen in deinen Büchern gibst?« Das hörte sich zu sehr nach Kritik an. Die Einladung zu einem Streit.

Doch das entging ihm. »Mein Gott, nein! Wenn überhaupt, dann sind sie weniger. Ich nehme ein Dessert. Und du?«

Sie atmete auf. Man befand sich wieder auf sicherem Boden. »Was nimmst du?« Sie hatte eigentlich keine Lust auf ein Dessert, dennoch bestellte sie sich eins. Essen war oft ein wundervoller Schutz gegen das Streiten.

»Ich kann dir sagen, was ich *nicht* nehme: Tiramisu. Vor einem Jahr stand Schokoladenmousse auf jeder Speisekarte. Jetzt ist es Tiramisu.«

Stolzgeschwellt, weil sie sich an einen Abschnitt in einem seiner Bücher erinnerte, sagte sie: »Aha! Aber in dem kleinen Dorf in Norditalien hat es dir geschmeckt.«

Sein Blick hob sich nicht von der Speisekarte, als er fragte: »In welchem kleinen Dorf?«

14

Eines Tages sprach die Kellnerin sie an. Sie begann mit einem kleinen Seufzer, als könne die Unterhaltung, die unterbrochen worden war, nun fortgeführt werden. Als die Kellnerin den Gedichtband bemerkte, erzählte sie von einem alten Lehrer, der das Werk eines Dichters sehr dramatisch vorgetragen hatte, an dessen Namen sie sich nicht erinnern könne.

Schönheit ist ein flüchtiger Augenblick im Geiste: Darüber hatte sie nachgedacht, als die Kellnerin wie üblich kam, um ihre Bestellung aufzunehmen. Die Kellnerin mochte Poesie also auch, hatte aber nie etwas von Wallace Stevens gelesen.

»Schönheit ist ein flüchtiger Augenblick im Geiste.« Die Kellnerin runzelte die Stirn. Beide sahen auf die Zeile in dem Buch. Die Kellnerin strich sich das Haar hinter das Ohr, an dem der Bleistift steckte, und runzelte noch immer die Stirn. Nein, das war zu schwierig.

Wieder einmal bestellte sie das Omelette. Die Kellnerin nickte nur und notierte es auf ihrem Block, als hätte sie es nicht schon drei- oder viermal pro Woche bestellt.

»Ich glaube, heute nehme ich vielleicht das Kräuteromelette.«

Die Kellnerin nickte und machte sich wieder Notizen auf ihrem Block. Es war klar, daß sie das Wort *Kräuter* schrieb, denn sie schürzte den Mund und wiederholte es tonlos. Dann nahm sie die Speisekarte und ging auf Gummisohlen leise davon.

»Beauty is momentary in the mind ...
The fitful tracing of a portal«

Sie runzelte leicht die Stirn, legte das Kinn auf die Faust und sah durch das mit Dampf überzogene Fenster neben ihrem Tisch. Was bedeutete das »Portal«? Ein erhelltes Fenster eigentlich, aber was noch?

Sie saß immer am gleichen Tisch. Wenn andere Gäste ins Café kamen – heute waren zwei weitere Tische besetzt –, wurden sie nie an diesen – an »ihren« – Tisch geführt. Regen rann übers Fenster. Es war ziemlich kalt auf dem Bahnsteig, aber wegen der Wärme im Café waren die Fenster bis zur Hälfte beschlagen, und dort konnte sie das Wort *Café* in einem Halbmond aus weißen Buchstaben erkennen. Diese Anordnung erinnerte sie wieder an *Kurze Begegnung.* Ihr würde so etwas nie passieren, eine solche Begegnung, das wußte sie. *Erwarte nicht zuviel, wenn du klug bist.* Die abweisende innere Stimme war wahrscheinlich die ihrer Mutter. Ihre Mutter war vom Leben enttäuscht gewesen; sie betrachtete es als ein langes, immer weiteres Nach-unten-Gleiten. Dennoch hatte die Mutter ihrer Tochter nur die Enttäuschung ersparen wollen, ohne zu begreifen, daß sich enttäuschte Hoffnungen mit Sicherheit dann einstellten, wenn man sie erwartete. Es war nicht die Schuld ihrer Mutter, wenn ihr eigenes Leben so vollkommen ereignislos geblieben war.

Aus plötzlicher Scham über ihr ereignisloses Leben schloß sie die Augen und errötete. Es war, als hätte sie sich in gewisser Weise selbst betrogen und würde nun bestraft dafür. Ihre Finger kniffen Falten ins Tischtuch, und das gestärkte Weiß munterte sie auf. Tischtücher waren in solch einem Café etwas Ungewöhnliches. Natürlich war über das Tischtuch eine durchsichtige Plastikdecke gebreitet, die genauso groß war wie das weiße Tuch. Man konnte diese Tischtücher ja nicht ständig waschen. Sie waren makellos sauber. Die Kellnerin und der Koch mußten sehr stolz auf das Lokal sein, auch wenn sie nicht die Besitzer waren. Zumindest nahm sie das nicht an. Auch die Gegenstände, die in der Mitte des Tisches standen, waren blankgeputzt: die Salz- und Pfefferstreuer, die Zuckerschale, die Ketchupflasche. Die Zuckerschale war von der altmodischen Art mit einem Deckel aus Chrom, der an einem Scharnier befestigt war. Das gefiel ihr besonders. Und der ganze Eindruck wurde durch die raschelnde saubere Tracht der Kellnerin und die Schürze des Kochs noch verstärkt. Wie schafften sie das, fragte sie sich. Besser gesagt: *Warum* machten sie das? Warum gaben sie sich so große Mühe?

Mit ein paar geschickten Seitenblicken inspizierte sie die Paare an den beiden anderen Tischen, um zu sehen, ob sie als Kandidaten für *Kurze Begegnung* taugten. Das Paar in der Ecke jedenfalls nicht, das Zeitung las und gelangweilt war von den Neuigkeiten, die sie sich vielleicht erzählten.

Der Mann und die Frau in dem Film waren so angenehm durchschnittlich gewesen, so überwältigt von dem, was ihnen passierte. Das könnte heutzutage nicht geschehen, nicht wahr? Männer und Frauen, die so große Schuldgefühle und solch einen großen Kummer empfunden hätten über den Schmerz, den sie ihren Mitmenschen zufügten? Heutzutage konnte man sich kaum vorstellen, daß eine Frau wie blind aus einem Haus floh, weil die Freundin ihres Geliebten ohne Vorwarnung zurückgekehrt war. Schwer vorstellbar, daß sich überhaupt einer etwas daraus machen würde. Das Paar in der Nähe der Tür vielleicht, das zu schwere Kleider trug. Tweedanzug und graue Wolle. Sicher ein Anachronismus. Ja, dieses Paar könnte in die Rollen passen.

Sie spürte einen scharfen Schmerz des Verlustes; dann kam die Kellnerin und stellte das Omelette vor sie hin.

Schönheit ist ein flüchtiger Augenblick im Geiste.

15

Sie fragte ihn nach den *tzanzta* – den Schrumpfköpfen.

Ohne den Blick von der Speisekarte zu heben – diesmal war es ein indisches Lokal –, sagte er: »Die meisten Leute haben keine Ahnung von Schrumpfköpfen. Ich glaube, ich nehme die Shrimps in Kokossoße.«

Sie starrte ihn an. »*Ich* jedenfalls nicht. Eine Ahnung, meine ich.«

Die Weinkarte aufklappend, sagte er: »Von denjenigen, die man zu sehen gewohnt ist? Denjenigen an den Ständen auf den Märkten? Allesamt Fälschungen.«

»Diejenigen, die ich zu sehen *gewohnt* bin?«

»Affenköpfe, entweder das, oder sie sind aus einem alten Stück Leinwand gemacht. Also, laß dich nicht täuschen.« Er fuhr mit dem Finger die Weinkarte entlang und gab entweder Laute der Freude oder ein mißfälliges Brummen von sich.

»Das ist höchst unwahrscheinlich.«

»Hm? Was ist?«

»Wie könnte ich ›getäuscht‹ werden?« Sie schob die Speisekarte beiseite, die mit einer aufwendigen Quaste zusammengebunden war. »Mit einem gefälschten Schrumpfkopf?« Wie um alles in der Welt kam er dazu, solche Dinge von sich zu geben? Als würde sie im selben Moment, nachdem sie das Haus verlassen hätte, zu einer Bude rennen, wo Schrumpfköpfe feilgeboten wurden.

Gleichmütig sah er sie an. »Nein, ich glaube – nicht.«

Aus seinem Tonfall war zu schließen, daß sie nicht interessant genug war, um Schrumpfköpfe einzukaufen. Und wieder war sie von seiner Annahme verblüfft, daß sie mit Sicherheit einst an den Orten gewesen sein mußte, wo er gewesen war. »Warum sagst du das dann?« fragte sie ihn.

»Hm?« Er rutschte jetzt auf seinem Stuhl herum, sah über die Schulter und versuchte, mit dem Ober Blickkontakt aufzunehmen.

»Wie erkennst du den Unterschied? Zwischen einem gefälschten und einem echten Schrumpfkopf?« Wie absurd sich das Thema jetzt anhörte. Und eigentlich wollte sie von dem gräßlichen Vorgang gar nichts wissen; es diente nur dazu, ihn am Sprechen zu halten.

Wiederum richtete er seine ganze Aufmerksamkeit auf die Weinkarte. »Es dauert eine Woche, um einen zu machen. Nun, mindestens fünf Tage.«

Der Ober erschien, verschüchtert wegen seines schlechten Englischs. Der arme Kerl mußte die lange Liste der »Spezialitäten« aufsagen, wobei sich seine Worte im Dschungel der vielen Gerichte heillos verhedderten. Irgendwo in dieser Litanei hörte sie ein Fischgericht heraus, ein Curry, hatte aber Angst, es könnte Vindaloo und zu scharf sein. Da sie das meiste nicht verstand, was der Ober sagte, bestellte sie etwas von der Karte: »Die vegetarische Platte«. Er sollte nicht glauben, sie hätte nichts verstanden, denn möglicherweise hatte er auch ein kleines Sprechproblem.

Er jedoch ließ den Ober die ganze Karte aufsagen; dabei legte er die Hand ans Ohr und runzelte die Stirn, als machten ein schlechter Akzent und eine holprige Aussprache die Wahl unmöglich. Er mußte jedes Gericht deutlich verstehen. Es dauerte gute fünf Minuten – sie war neugierig und sah auf ihre Uhr –, bis er sich für die Shrimps mit Kokosnuß entschied, die er ohnehin von Anfang an hatte bestellen wollen. Er bestellte den Wein, einen Burgunder. »Ein Landwein«, sagte er zu ihr und schüttelte den Kopf, als wäre das etwas Beschämendes.

Nachdem das erledigt war, saßen sie schweigend da. Da er die Anstrengung hinter sich hatte, die schwierigen Wasser der Speisekarte durchschifft und felsige Untiefen umsteuert zu haben, konnte er an einer Uferböschung Rast machen. Seine Arme lagen verschränkt auf dem Tisch, das Gesicht war nach unten gerichtet, und die Daumen waren aufeinandergepreßt. Dann drehte er sich zur Seite, wie er es oft tat, schlug die Beine übereinander und sah mit zusammengekniffenen Augen in den rauchigen Raum, als rechne er damit, daß am Eingang irgendeine Gefahr lauerte. Er schaute so entschlossen in diese Richtung, daß auch andere hinsahen und sich fragten, was er so zielgerichtet anstarrte. Mehr durfte man von ihm nicht erwarten. Wenn er auf diese Weise abwesend wirkte, fragte sie sich, ob sein geistiges Auge auf eine dieser fremden Landschaften gerichtet war oder ob er nur darüber nachdachte, wie er dieses oder jenes in seinem Buch ausdrücken sollte. Doch das glaubte sie nicht. Jene Reiseziele, über die er berichtete, auch wenn sie noch so sorgfältig beschrieben waren, schienen eher zufällige Entdeckungen zu sein, auf die er nie mehr als einen Augenblick des Nachdenkens verschwendet hätte.

Es war kein »geselliges« Schweigen (das war es nie). Diese Art von Schweigen gab es ihrer Meinung nach ohnehin nur sehr selten. Aber es wäre hübsch gewesen, in Eintracht hier zu sitzen. Sie seufzte und sah sich im Restaurant um, das in Muschelrosa gehalten war. Die Wände waren in diesem blassen Rosa gestrichen und die Holzteile in Kakaobraun. Die Farben wirkten beruhigend. Die Servietten waren auf komplizierte Weise in Tulpenform gefaltet. Musik – eine Flöte und ein Klavier – drang aus dem Lautsprechersystem. Alles war besänftigend. Man konnte sich schwer vorstellen, in solch einer Atmosphäre die Stimme zu erheben. Grüne Palmwedel, die zarte Schatten auf die blassen Wände warfen, bewegten sich leicht, wenn die Tür auf- und zuging. Sie fühlte sich schläfrig, hätte gern die Augen geschlossen.

Es wäre sinnlos gewesen, ihm weitere Fragen über die *tzanzta* zu stellen. Das Thema war ohnehin schrecklich morbide. Zuerst hatte sie aus Interesse nachgefragt, aber dann nur noch, um ihn zum Reden zu bringen, damit er sich mit ihr unterhielte. Wie konnte jemand, der eine solche Abneigung gegenüber der gesprochenen Sprache hatte, überhaupt schreiben? Die einfachste Erklärung wäre die, daß diese Abneigung ihr galt, nicht der Sprache. Warum bestand er dann aber so nachdrücklich auf diesen gemeinsamen Mahlzeiten?

Der Wein wurde gebracht und dann die Vorspeisen. Oft nahm sie keine, aber heute hatte sie sich eine bestellt, weil der nette Ober die fritierten Zwiebeln so warm empfohlen hatte. Sie wurden auf einem kleinen rosafarbenen Teller mit einer kühlen, milchig aussehenden Minzsoße serviert. Es war köstlich. Er hatte seine Muscheln, in die er sich mit jedem Bissen mehr vertiefte. Der Akt des Kauens wirkte einschläfernd auf ihn. Sein ganzes Denken war von den Muscheln in Anspruch genommen.

»Wie sind deine fritierten Zwiebeln?«

16

Es habe dort einen Baum gegeben, hatte er ihr erzählt, der so giftig gewesen sei, daß sein bloßer Schatten töten konnte.

Der Baum faszinierte sie. Sie wollte mehr Einzelheiten hören, aber wie üblich wich er ihren Fragen aus.

An diesem Abend hatte sie durch ihr Schlafzimmerfenster, das auf den Hinterhof hinausging, auf den Baum neben ihrer Garage hinuntergestarrt. Es war ein großer Ahornbaum, der das Grundstück beherrschte. Er stand weit genug vom Haus entfernt, um einem Kind das Gefühl zu geben, es sei entkommen und befreit von Eltern und Geschwistern, befreit von jedermann. Es war die Art von Baum, auf den man klettern würde, an dem man eine Schaukel befestigen oder auf dem man ein Baumhaus bauen würde.

Hatte sie so was als Kind getan? Sie erinnerte sich nicht daran.

Sie hatte zu lange in seinem Schatten gespielt, und jetzt war ein Teil von ihr tot.

Es war am nächsten Morgen im Bahnhofscafé, als sie daran gedacht hatte. Die Kellnerin schenkte ihr Kaffee ein. Der Koch hatte vorgeschlagen, ob sie anstelle eines Omelettes vielleicht ein Schinken-Ei-Sandwich haben wolle. Es war zu früh fürs Mittagessen, erst kurz nach halb elf.

Die Kellnerin hatte die Warmhaltekanne zur Maschine zurückgebracht und wusch hinter der Theke die Gläser ab. Sie aß ihr Sandwich und fragte sich, wer all die Gläser und das Besteck benutzt hatte, das die Kellnerin abwusch. Das Sandwich war köstlich; sie hätte zwei davon essen können. Ob es wohl gierig wirken würde, wenn sie noch eins bestellte?

Während sie aß, fuhr der Zehn-Uhr-Siebenunddreißiger ein und stand heftig schnaubend auf dem Gleis. Durch das Cafeéfenster entdeckte sie einige stark beschattete Gesichter im Fahrgastabteil. Es war zugleich ein Postzug, daher war der Stationsvorsteher – der immer wie ein Geist aus dem Nichts auftauchte – mit den Postsäcken beschäftigt, die er irgendwo den Bahnsteig hinunterschob, wohin sie nicht sehen konnte.

Dann ging die Tür auf, und ein Vater mit seinem Kind auf dem Arm kam herein. Der kleine Junge war alt genug, um allein zu gehen, aber er wollte nicht. Er wollte getragen werden.

Als der Vater versuchte, den Arm des Jungen, der sich um seinen Hals klammerte, davon zu lösen, wimmerte das Kind und klammerte sich noch fester an ihn. Der Vater beugte sich so weit er konnte zurück, um dem Kind ins Gesicht zu sehen. Es hatte den Kopf gesenkt und wich dem Blick des Vaters aus. Der redete einen Moment mit ihm; der Junge nickte zögernd, lockerte seine Umklammerung und glitt auf den Boden hinunter. Mit den Fingern im Mund, den Kopf noch immer tieftraurig zu Boden gesenkt, erlaubte der Junge dem Vater, ihn auf einen Stuhl zu setzen.

Sie wandte den Blick von dem Vater und dem Kind weg hin zu der Kellnerin, die ein wenig Schokoladeneis in ein Glas tat und es mit Sodawasser auffüllte. Das brachte sie mit einem Löffel und einem Strohhalm zu dem kleinen Jungen hinüber. Es war deutlich zu sehen, daß das Kind, obwohl es nichts sagte und den Kopf gebeugt hielt, sich darüber freute. Sie konnte sehen, wie sein Blick verstohlen zu dem Soda wanderte und es musterte. Aber es war nicht gewillt, so schnell aufzugeben.

Der Vater zog sich seinen Stuhl heran, legte den Arm auf die Stuhllehne des Jungen und redete ihm gut zu. Seine Stimme war sehr leise, nicht mehr als ein Summen, wie das Vibrieren eines Streichinstruments. An einem bestimmten Punkt nickte der Junge, nachdem er wieder das Gesicht an die Schulter des Vaters gedrückt hatte. Aber dabei griffen seine Finger geschickt nach dem Soda.

Sie fragte sich, ob die Mutter des Kindes mit dem Zug abgereist sei, der gerade hinausgefahren war, und die beiden verlassen hätte. Nur für eine bestimmte Zeit natürlich, aber ein Kind konnte den Eindruck haben, es sei für immer. Es tat ihr leid, daß sie nicht aufgestanden war, um zu sehen, ob tatsächlich jemand eingestiegen war. Denn das ließ den Zug, den Bahnhof und das Café realer erscheinen, war nicht nur eine Geschichte, die sie sich selbst erzählte.

Das Kind mußte sich von der Welt und allen Menschen betrogen fühlen, daher gab es auch nicht so einfach auf. Ob Schokoladensoda oder nicht. Sie stellte sich vor, der Vater hätte ihm lange zuvor versichert, die Mutter komme zurück, aber das Kind mußte deutlich machen, wie es ihre Abreise empfand. Denn wer wußte schon, ob es dem Vater nicht auch plötzlich einfiele abzureisen.

Die Kellnerin kam mit ihrem Bestellblock zum Tisch zurück. Das Kind verbarg das Gesicht vor ihr, sogar als es die Fingerspitzen aufs Glas legte, als wolle es seinen Anspruch darauf deutlich machen, falls sie gekommen wäre, um das Soda wegzunehmen. Der Vater und die Kellnerin lächelten sich über den Kopf des Kindes hinweg an, und der Mann bestellte Kaffee und fragte den Jungen, was er haben wolle. Den Kopf in das Jackett seines Vaters vergraben, schüttelte er heftig den Kopf. Er konnte nichts essen, nicht in einem solchen Moment. Der Vater schien ihm verschiedene Dinge vorzuschlagen, und schließlich sagte der Junge etwas. Es hörte sich wie »Pommes frites« an. Der Junge wollte die Kellnerin einfach nicht ansehen. Er wollte selbst schauen, aber nicht angeschaut werden. Angeschaut zu werden, das würde ihn zu einem Verhalten zwingen, das er lieber vermeiden wollte. Außerdem würde ihm dadurch nicht die Aufmerksamkeit zuteil werden, die er verdiente. Mit dem Soda war es genauso: Er wollte es, aber niemand sollte sehen, daß er es wollte. Auf diese Weise hatten weder das Soda noch die Kellnerin irgendeine Macht über ihn. Und unter diesen Umständen sein Vater genausowenig, obwohl er seinem Vater erlaubte, ihn anzufassen.

Aber seine Mutter hatte ihn verlassen, und die Welt sollte dafür bezahlen. Er würde sich weinend zu Boden werfen, darauf einschlagen und eintreten, auf jede Stelle eindreschen, die er erreichen konnte. Er würde sich nicht trösten lassen. Obwohl er seinem Vater glaubte, als er ihm sagte, seine Mutter würde zurückkommen. Trotzdem, das gab ihr nicht das Recht, überhaupt wegzufahren und ihn zurückzulassen. Mit einem Eiskremsoda war er nicht zu gewinnen ...

Dennoch.

Er nahm den Strohhalm und schlug seinem Vater damit auf die Nase, eine harmlose Geste, die es ihm erlaubte, seinen Vater anzugreifen – der sich auf gewisse Weise zutiefst schuldig fühlen mußte wegen der Abreise der Mutter –, während er gleichzeitig die Aufmerksamkeit auf den Strohhalm ziehen konnte. Der Strohhalm war interessiert an dem Soda, auch wenn das Kind es nicht war.

Der Vater streifte den Papierüberzug von dem Strohhalm ab, stellte ihn ins Glas und sagte etwas zu dem Kind, während er das Glas näher heranschob. Aber der Junge machte ein ziemliches Theater aus seiner Ablehnung; immer und immer wieder rieb er den Kopf an der Schulter des Vaters. Nein, nein, nein. Nein, das Kind streckte die Hand nicht aus, das konnte man nicht von ihm erwarten, da es sich nach der Abreise der Mutter nun mal so schlecht fühlte.

Die Kellnerin hatte den Kaffee des Vaters gebracht, aber als er die Tasse hochheben wollte, sagte das Kind »Nein!« und schob sie zurück. Wenn das Kind zu untröstlich war, um sein Soda zu trinken, dann mußte der Vater es ebenfalls sein und durfte seinen Kaffee nicht trinken. Die Spannung ließ schließlich nach, als das Kind (nachdem es alles Leid, das aus der Abreise der Mutter zu beziehen war, ausgekostet hatte) schließlich begann, sein Soda zu trinken – fröhlich und glücklich –, als wäre überhaupt nichts geschehen, was es traurig gemacht hatte.

Sie wußte nicht, ob das alles oder zum Teil durch den Kopf des Kindes gegangen war, aber es machte ihr Freude, sich das auszudenken, und es entzückte sie, sich vorzustellen, daß es so gewesen sein könnte. Noch reizender war die wundervolle Geduld des Vaters. Er mußte sehr gut verstanden haben, was sein Sohn empfand, und er konnte sich tatsächlich in den Jungen einfühlen. Solch einen Vater zu haben!

Hatte sie das gehabt? Ihr eigener Vater war gestorben, als sie so klein war, daß sie sich nicht daran erinnern konnte. Und ihre Mutter? Nein. Ein solches Gebaren hätte die Geduld ihrer Mutter überfordert. Während sie jetzt hier saß und auf den Krustenrand ihres Sandwichs sah, dachte sie traurig, daß sie sich als Fünfjährige nie so aufgeführt hätte. Denn ihre Mutter hätte eisig reagiert, nicht, weil sie grausam gewesen war, sondern weil sie sich geschämt hätte, daß ihr Kind sich in der Öffentlichkeit so schlecht benahm. Es war eine Überlegung über ihre Erziehung, ein kritischer Einwand gegen die Mutter. Ihre Mutter hielt viel von Äußerlichkeiten – auf fast religiöse Weise, könnte man sagen; die Realität hatte ihrer Mutter wenig oder nichts bedeutet. Ob das wohl der Grund dafür war, daß sie sich die meiste Zeit so unwirklich fühlte?

So amorph, formlos, geisterhaft, wie nicht vorhanden? Entweder war *sie so* oder die Welt. Es war, als wäre die Welt auf eine einzige Dimension zusammengeschrumpft. Ein Ding, das man beobachten, aber eigentlich nicht betreten konnte. Glich ihre Persönlichkeit einem hastig zusammengestückelten Flickenteppich, der nur aus den verschiedenen Bedürfnissen und Wünschen anderer bestand?

Vollkommen versunken trank das Kind sein Soda. Sie sah aus dem Fenster auf den Rand des Daches, von dem es immer noch heruntertropfte, obwohl es zu regnen aufgehört hatte, und sie sah sich am frühen Morgen oder spät nachts durch einen dieser großen, leeren und zugigen Bahnhöfe gehen – Waterloo, Gare du Nord. Sie hörte ihre Schritte in der Schalterhalle, die bis zu der riesigen gewölbten Decke hinaufhallten. Sie sah alles wie auf einem Magritte-Gemälde – die Reihe der Schalter, alle dieselben; die Gesichter dahinter, alle dieselben; Ankünfte und Abfahrten, alle dieselben.

Es war eine Art Hölle, der Ort der verlorenen Schritte, und dennoch seufzte sie fast erleichtert auf, denn er erlaubte ihr, die falschen Hoffnungen abzulegen (und die waren gering genug), und sie mußte sich nicht mehr fragen, warum sie diesen Ort nicht verließ. Es wäre nicht anders, wenn sie es täte.

Als die Kellnerin mit der Warmhaltekanne zu ihr kam, fragte sie: »Könnte ich bitte ein Eiskremsoda haben? Schokolade.«

Die Kellnerin nickte und schrieb die Bestellung sorgfältig auf.

Es freute sie immer, daß die Kellnerin sich jeden Wunsch aufschrieb. Es verlieh jeder Bestellung einen Anflug von Wichtigkeit, zu wichtig, um sie dem Zufall des trügerischen Gedächtnisses zu überlassen, und daher schrieb sie alles auf.

Am anderen Tisch las der Vater die Zeitung. Das Kind jedoch mußte gehört haben, wie sie ihr Schokoladensoda bestellt hatte; denn es drehte sich auf seinem Stuhl herum. Es legte das Kinn auf die Lehne, prüfte, ob es ihre Aufmerksamkeit erregte, und lächelte ein Schokoladenlächeln.

Sie lächelte zurück. Sie hatten eine Gemeinsamkeit.

17

An diesem Nachmittag trafen sie sich in dem spanischen Restaurant, das seiner Aussage nach für seine *paella* berühmt war. Vermutlich seien Muscheln darin, sagte sie.

Aber das würde er nie zugeben, nein.

Er stimmte selten mit ihr überein, er machte allenfalls ein oder zwei Zugeständnisse, wenn sie tatsächlich einmal besonders scharfsinnig war, was seiner Ansicht nach selten vorkam. Er sagte, sein Hunger auf *paella* rühre vermutlich daher, weil er wieder nach Spanien wolle.

Das brachte sie völlig aus der Fassung. Sie stieß ein Lachen hervor und benutzte einen Stierkampfausdruck, um ihn zu beschreiben: Er »mache geschickte Ausweichmanöver«.

Das trug ihr einen der seltenen Punkte ein. Hätte sie nicht »geschickt« gesagt, sondern es auf Spanisch ausgedrückt, hätte er es heftig bestritten. Aber tatsächlich fragte er sie, was sie meinte.

Nie war sie offener Kritik nähergekommen, aber selbst jetzt kam sie nur stark verschlüsselt zum Ausdruck. Sie lachte und sagte: »Du weichst allen Fragen auf wundervolle Weise aus.« Sie war sich vollkommen dessen bewußt, daß er dies nicht »wundervoll«, sondern auf sture Weise machte.

»Welchen Fragen?«

»Über das Reisen etwa.«

Sein Stirnrunzeln verstärkte sich. »Warum um alles in der Welt sollte ich das tun?«

Das wisse sie nicht. Dennoch tue er es. Er goß sich Sangria aus dem Krug ein und behauptete, daß sie sich lächerlich verhalte.

Sie erwiderte, daß er nach seiner Reise nach Spanien so gut wie nichts erzählt habe. Er habe nicht darüber gesprochen. Und er habe doch sogar den Tag der rennenden Stiere erlebt.

Wiederum entgegnete er, daß das absurd sei. Reisen sei sein *Beruf,* um Himmels willen! Er sei Reiseschriftsteller.

Ja, und wenn er schon darüber schreibe, warum rede er dann nicht darüber?

Das hatte ihn nur wieder zu dem üblichen abwehrenden Sarkasmus verleitet. Oh, es tue ihm *leid,* wenn er ihren Vorstellungen von einem guten *Unterhalter* nicht entspreche. Und dann hatte er sich wieder auf seine typische Weise weggedreht, den Raum inspiziert und sie nicht weiter beachtet, als hätte sie sich rein zufällig an seinen Tisch gesetzt. Dann kam das Essen und sprach ihn von weiterer Unterhaltung frei (das war wirklich die einzige Art, wie sie es auszudrücken vermochte). Er war wie ein Mönch, der in einem ummauerten und uneinnehmbaren Kloster Zuflucht suchte.

Ihre Gedanken kehrten zu dem Café zurück, zu dem Vater und dem Kind, während sie mit ihrer Gabel herumhantierte und etwas Safranreis drauf- und wieder runtertat. (Sie hatte eine Mischung aus irgendeinem Fisch und Gemüse bestellt.) Nur aus Nervosität aß sie überhaupt etwas, zumindest sagte sie sich, daß es die Nerven seien. Doch das traf keineswegs zu; das Gefühl ähnelte vielmehr der Verzweiflung oder Leere. Die einfache Bewegung, die Gabel zum Mund zu führen, besänftigte dieses Gefühl der Leere für eine Weile. Sie dachte an den kleinen Jungen im Café, und sie lächelte.

Was würde geschehen, wenn sie mit einer Brotstange zu ihm hinüberlangen und ihm damit auf die Nase klopfen würde?

18

Beim Mittagessen, ein paar Wochen nach seinem seltsamen Vortrag über die Schönheit, als sie in seinem Lieblingslokal saßen, dem französischen Restaurant mit dem *sommelier,* dachte sie über jene andere Unterhaltung nach.

Für den Augenblick hatte sie das Thema »Schönheit« beiseite geschoben, aber nicht vergessen. Sie würde es auf verschlüsselte Weise wieder anschneiden und ihn verblüffen, so daß er vernünftig – zumindest aufrichtig – antworten müßte. Sie wußte nicht, wie sie es verschlüsseln sollte. Es würde ihr schon etwas einfallen. Sie schloß die Augen. *But in the flesh it is immortal.* Sie wünschte, sie hätte gewußt, was das bedeutete.

»Du fährst ... wann ab? In zwei Wochen?«

Während sie den Hauptgang verzehrten, hatten sie wenig gesprochen; er hatte nur auf die Dienste des Obers und des *sommelier* reagiert. Er hatte einen Mersault bestellt, und zwar nach ausgiebigem »Geplänkel« mit dem *sommelier,* so erschien es zumindest ihrem ungeübten Ohr. Der Wein war sehr gut und ebenso der Fisch. Den Muschelsalat hatte er als exzellent bezeichnet. Außer in diesem Lokal hatte sie nie von einem solchen Gericht gehört, aber sie machte keine Bemerkung darüber. Nach dem Salat gab es Hühnchen mit Bärlappblättern.

Die Ober, die jetzt nichts mehr zu tun hatten, zogen sich zurück. Sie standen mit gefalteten Händen herum, wischten gelegentlich mit der Serviette einen Tisch ab, rückten Besteck und Gläser zurecht und machten Bemerkungen über irgend etwas. Über die Gäste vermutlich. Über die schien es in diesem Restaurant – leer, wie es war – wenig zu klatschen zu geben. Es war kurz vor sechs, und noch niemand war zum Abendessen aufgetaucht, das offiziell um halb sechs begann. Das Paar am Nebentisch war vor einiger Zeit gegangen. Sie waren jetzt die einzigen Gäste.

Er hatte keine Eile, seine *œufs à la neige* aufzuessen, die sie sich ebenfalls bestellt hatte. Der Koch konnte die Süßspeise nicht nur für eine Person zubereiten. Sie war köstlich. Selten nur hatte sie das Bedürfnis, das Essen mit einer Süßigkeit zu beenden. Die tendierte dazu, die verschiedenen Geschmacksrichtungen, die verschiedenen Aromen, in ihrem Mund zu überlagern. Aber dies war eine Nachspeise, die ihre Mutter immer gemacht hatte, als sie – Edith – noch ein Kind gewesen war. Sie hatte immer gedacht, sie könne eine blaue Färbung am Boden des Schaumgebäcks entdecken, das auf dem Pudding schwamm. Später wurde es »Schwimmende Inseln« genannt.

»Nächste Woche«, antwortete er auf ihre Frage bezüglich seiner Abreise. »Ende der Woche. Freitag vermutlich.«

Ein heimlicher Schrecken durchfuhr sie, und alles, was sie herausbrachte, war ein *Oh.* Ihre Atemluft schien gerade zu reichen, um diese Silbe hervorzustoßen. Warum dieser Anfall von Angst? »So bald? Na schön.« Sie hantierte mit ihrem Dessertlöffel herum. »Hast du dann Zeit zum Mittagessen nächste Woche?«

»Oh, ich glaube – schon.« Er war zugänglich, nachdem er seinen exzellenten Pudding verspeist hatte. Er zündete sich eine Zigarre an und blies einen Rauchring in die Luft. Gegenüber den Gefahren einer solchen Reise verhielt er sich fast gleichgültig.

»Bolivien. Man stelle sich vor.«

Aber war es nicht gerade das, was er nicht konnte: sich etwas vorstellen? War er tatsächlich furchtlos, oder fehlte es ihm bloß an Vorstellungskraft? Alle diese Gegenden, die er aufsuchte oder aufsuchen sollte – für gewöhnliche Leute waren sie exotisch, romantisch oder gefährlich, aber eigentlich gar keine wirklichen Gegenden, sondern eher Gerüchte darüber.

»Du nimmst alles so gelassen. Du bist so zuversichtlich. Wie ist das möglich? Bist du überhaupt nicht aufgeregt?« Sie beugte sich zu ihm vor, weil sie es unbedingt wissen wollte.

Er runzelte die Stirn und betrachtete das brennende Ende seiner Zigarre. Er antwortete nicht; daran war sie gewöhnt, aber diesmal schien es einen anderen Grund dafür zu geben. Sie hatte den Fuß über eine empfindliche Grenze gesetzt, hatte sie tatsächlich überschritten und einen Bereich betreten, der sie nichts anging. Zumindest hatte sie diesen Eindruck. *Warum fragst du das? War es denn nicht abgemacht, daß meine Gefühle nicht Bestandteil der Abmachung sind? Welcher Abmachung?* Er breitete die Hände aus, als wolle er das Essen, das Restaurant, sie beide umschließen. Das ganze unerforschte Terrain. *Die Wilden, die feuchte Dunkelheit, die watenden Vögel, den undurchdringlichen grünen Dschungel, Morgendunst, der sich vom Fluß erhob wie ein Gott.* Sie sah das alles vor sich.

Aber seine Hand griff nur nach der Kugel, in der die Kerze stand, und er blies die Flamme aus. Er winkte dem Ober.

Wie gleitend hatte sie plötzlich die Grenze in ein anderes Land überschritten, in dem Ironie und Spott nicht mehr bestraft wurden.

Er rauchte seine Zigarre und beobachtete, wie einer der Ober ein Tischtuch glattstrich und eine Serviette wieder auf jene komplizierte Art faltete, was sie auf den Gedanken brachte, daß den dekorativen Äußerlichkeiten mehr Aufmerksamkeit geschenkt würde als dem Essen selbst, daß es um ein eindrucksvolles Ambiente ginge, das einen bestimmten Defekt verschleiern sollte.

Der Ober hatte die Rechnung gebracht, die Kreditkarte genommen und war gegangen.

»Ich meine nur«, sagte sie und verwandelte die Frage in eine Feststellung, »daß du alles so leichtnimmst.«

»Hm. Ich bin daran gewöhnt, das ist alles.« Er drehte die Zigarre im Mund und sah über ihre Schulter hinweg zum Fenster hinaus.

War diese Zurückhaltung eine Art Strafe dafür, daß sie »persönlich« geworden war? Aber was in Gottes Namen war »persönlich« daran, wenn sie ihn fragte, warum er die bevorstehende Reise so leichtnehme? Er hatte schließlich auch ihren persönlichen Bereich betreten, als er behauptete, sie verbringe zuviel Zeit in dem Café. Und was war so anders an einer Reise nach Bolivien als an ihrem Bahnhofscafé? Sie lachte.

»Was ist denn so lustig?« Er sah von dem Beleg auf, den er unterschrieben hatte.

»Ach nichts. Ich habe nur gerade gedacht, wie ähnlich wir uns letzten Endes doch sind.«

»Nein ...«, sagte er und riß die Quittung von dem Beleg ab, » ... das sind wir nicht.«

19

Das ging ihr am nächsten Morgen durch den Kopf, als die Kellnerin auf sie zukam und sie ansprach:

»Der Koch ist heute morgen nicht da. Daher werde ich das Omelette zubereiten, wenn Sie eins haben wollen, meine ich«, fügte sie hinzu, als wolle sie keinen zu vertraulichen Eindruck erwecken. »Ich weiß, wie er es macht, ich habe zugesehen. Das heißt aber nicht, daß ich es auch wirklich kann. Vielleicht möchten Sie lieber was anderes?«

Die Sache machte sie sehr nervös. Wäre sie abergläubisch gewesen oder hätte sie an Prophezeiungen geglaubt, hätte ihr diese Unterbrechung der üblichen Routine, die unmittelbar nach dem Essen der letzten Woche erfolgt war, Angst eingejagt. Das Mittagessen hatte ein Zittern ausgelöst, ein Beben, das kaum merklich war, abgesehen von dem Riß im Grund des Gefüges. Eine Wand, die zu zerbröckeln begann.

»Kommt er wieder?« fragte sie ganz unwillkürlich.

»Hm, ziemlich bald.« Die Kellnerin sah auf ihre kleine Armbanduhr, als wolle sie ihrer Aussage Nachdruck verleihen. »Er ist nur zum Gericht runtergegangen.« Sie verdrehte die Augen. »Und Sie wissen, wie lange *das* dauert!«

Sie lächelte, und die Kellnerin nickte, obwohl sie noch nie im Gericht gewesen war.

Aber die Kellnerin behandelte das Ganze mit einer Ernsthaftigkeit, als dürfe man die Abwesenheit des Kochs an diesem Morgen nicht auf die leichte Schulter nehmen. Ruhig stand sie am Tisch und hielt ihren Bleistift über dem Rechnungsblock erhoben. »Was ich machen *kann,* wäre ein French Toast. Am besten, wenn ich so sagen darf.«

»Ja. Das klingt gut. Ich mag French Toast.«

French Toast wurde auf den Block geschrieben. Dann sagte die Kellnerin: »Wie wär's mit Würstchen dazu? Wir kriegen sie von Seabold's, der Farm draußen an der Hundertelf.«

Sie kannte Seabold's Farm nicht, aber sie lächelte und nickte, als trügen die Würstchen ein Gütesiegel, wenn sie von Seabold's kamen. »Ja.«

Die Kellnerin schrieb auch das auf – und den Kaffee. »Es dauert fünfzehn, vielleicht zwanzig Minuten.« Sie steckte den Block in ihre Schürzentasche und ging weg.

Sie saß da und sah auf die Küchentür, durch die die Kellnerin gerade gegangen war. Sie schwang noch leicht nach.

Nach dem Verschwinden der Kellnerin war sie jetzt allein im Lokal. Nur ein- oder zweimal hatte sie bislang das leise Ticken des Regulators bemerkt. Wenn sie allein war an Orten, an denen sie bisher nicht allein gewesen war, nahmen die Geräusche dann diese messerscharfe Klarheit an?

Sie holte ihr Buch heraus, dasjenige, das sie immer während irgendwelcher Wartezeiten las. Beim Warten in einer Schlange im Supermarkt oder auf der Post. Oder wenn sie auf ein Essen wartete. Manchmal auch während des Essens. Sie las gern, während sie aß, glaubte aber, es sei schlecht für Geist und Körper. Es sollte eigentlich nicht nötig sein, sich in diesem Maß ablenken zu müssen. Wenigstens stellte sie den Fernseher nicht an, um Gesellschaft zu haben, was einige Leute taten. Das Buch war ein Kriminalroman, und schon nach dreißig oder vierzig Seiten war sie gelangweilt. Es vermittelte einen eher kadaverhaften Eindruck – war blutleer, die Prosa schal und leblos; die Charaktere hatten kein Herz, kein Blut in den Adern. Fakten, die sich schließlich auch irgendwie auf dem Papier ausgedrückt hätten. Wie seltsam, dachte sie. Als sie bei Seite vierzig angelangt war, waren drei Leute auf besonders scheußliche Weise umgebracht worden, und die Romanfiguren reagierten, als wären nur ein paar Fliegen totgeschlagen worden.

Das Buch wurde wieder eingesteckt. Sie zog die kleine Vase mit Blumen zu sich heran und machte sich ihre Gedanken über die Kriminalschriftsteller. Waren die alle – zumindest teilweise – verabscheuungswürdig? Vermutlich. Sie berührte die zarten Blütenblätter des blauen Akanthus. Ja, vermutlich. Im großen und ganzen durchaus nette Leute, aber ihre Seele hatte diesen einen Makel, der sie zu dieser Art von Schreiben provozierte, zu einem Schreiben, das unpräzise war und sich nur in Bereichen bewegte, in denen die Regeln fest etabliert waren, aber ironischerweise auch als Joker dienen konnten, die ganz nach Belieben ausgespielt werden durften. Am Anfang wirkten die Ereignisse zufällig und wirr, aber während sich die Geschichte dahinschleppte, tauchten Lösungen auf, und am Ende war alles das Gegenteil von zufällig und verwirrt. Alles war fein säuberlich miteinander verknüpft.

Irgendwie beruhigt und erfrischt von diesen Überlegungen über Kriminalromane und deren Verfasser (obwohl sie diesen Leuten gegenüber keinen Groll hegte) lehnte sie sich zurück.

Sie hatte ihr Leben als zufällig betrachtet, jetzt erkannte sie, daß es geordnet war: Die gleichen Dinge wurden zu den gleichen, festgesetzten Zeitpunkten unternommen, wobei kaum Raum für den Zufall blieb. Sie schloß die Augen und sah ein Ballett vor sich. Sie sah ihr Leben wie eine Reihe sorgfältig ausgeführter Schritte. Aber es war vermutlich eher wie ein Schachbrett, auf dem sich Königin, König, Türme und Bauern nach festen Regeln bewegten. Oder vielleicht das Schachbrett aus »Alice im Wunderland«. Außer daß dort die Figuren ständig die Regeln veränderten, um sie ihren Bedürfnissen anzupassen – oder? Bei der Roten Königin traf das jedenfalls zu.

Trostlosigkeit überkam sie, und sie fühlte sich so körperlos wie Dampf. Das gewohnte Einerlei – ins Café gehen, mit ihrem Freund essen, zweimal die Woche den Nachmittag in der Bibliothek verbringen – hatte so viele Monate angedauert, und sie war zufrieden gewesen. Oder hatte es zumindest hingenommen. Anderen wäre ihr Leben unbedeutend vorgekommen, dürftig.

Aber jetzt verspürte sie diese Unruhe. Kam das einfach daher, daß der Koch nicht da war?

Warum auch nicht? Warum sollte sie der Abwesenheit des Kochs keine Bedeutung beimessen? Große Ereignisse, der Sturz von Regierungen, die Flucht der Heldin in den Wahnsinn – wurden nicht all solche Dinge dadurch ausgelöst, daß der Koch nicht da war? Kam es denn nur in Büchern wie in diesen Kriminalromanen vor, daß Ursache und Wirkung erkennbar waren und daraufhin auch einleuchtend erschienen? In solchen Geschichten war der Koch immer anwesend.

Also konnte sie ihr Leben weder mit einer solchen Geschichte noch mit einem Ballett vergleichen. Es glich nicht den anmutig ausgeführten Schritten, sondern einem Durcheinander von zittrigen Bewegungen, die weder choreographiert noch einstudiert waren. Alles konnte geschehen innerhalb der Grenzen dieser sich wiederholenden Ereignisse. Oder war es möglich, daß die Abwesenheit des Kochs durch die ungeschickte Frage verursacht worden war, die sie ihrem Freund gestellt hatte, jenem *Warum*? War es das, was die Wissenschaftler den »Schmetterlingseffekt« nannten? Der Schmetterling in China, der die Flügel bewegt und in Kalifornien ein Erdbeben auslöst.

Inzwischen war die Kellnerin zurückgekommen und stellte den Toast und den kleinen ovalen Teller mit den Würstchen vor sie hin. Sie war erstaunt, daß sie Heißhunger hatte. Aber sie wollte nicht zuviel essen, weil sie um drei mit ihrem Freund verabredet war. Nun, jetzt war es erst zehn; in fünf Stunden würde sie wieder hungrig sein. Aber wenn der Koch dagewesen wäre, hätte es diesen French Toast und die Würstchen nicht gegeben, und die Kellnerin würde nicht noch einmal zu ihr sagen:

»Die Sache ist die, wenn man einmal damit anfängt, wird es zur Gewohnheit, nicht wahr?« Die Kellnerin sagte dies, als nähme sie die Fäden eines vorangegangenen Gesprächs wieder auf, das unterbrochen worden war. »Und Gewohnheiten, die man sich angeeignet hat, kann man schwer wieder ablegen. Sie wissen, was ich meine?« Sie sagte das, während sie ein kleines Glas Ahornsirup auf einen Unterteller stellte. Über den Rand des Glases rann bereits dicker Sirup hinab.

»Wie dieses Bedienen ...«

Aus Angst, die Kellnerin würde einen Teil ihrer Lebensgeschichte vom Stapel lassen, fragte sie schnell: »Was ist dem Koch denn passiert? Warum ist er vor Gericht gegangen?« Und dann fiel ihr ein – wenn auch zu spät –, daß es gefährlich sein könnte, nach dem *Warum* zu fragen. Dennoch, in diesem Fall handelte es sich um den Koch, und sie fragte nur nach einer Tatsache.

»Strafzettel«, sagte die Kellnerin gut gelaunt und offensichtlich nicht beleidigt, weil sie ihr das Wort abgeschnitten hatte. »Wegen Geschwindigkeitsüberschreitung, und er erhebt Einspruch dagegen. Er behauptet, er sei nicht zu schnell gefahren und der Polizist habe unrecht. Ich weiß, daß er ein vorsichtiger Fahrer ist. Er wird dagegen Einspruch erheben«, wiederholte sie. Sie freute sich offensichtlich darüber. »Natürlich hat er keine Chance, sich gegen das Gesetz zu stellen.«

Und das schien sie noch mehr zu freuen: daß der Koch den Mut hatte, sich in einem verlorenen Kampf gegen die Macht der Polizeigewalt zu stellen. Das sagte sie auch: »Ein verlorener Kampf, nehme ich an.« Zum Fenster gewandt sagte sie:

»Wir sollten gegen mehr von ihnen kämpfen.« Mit dieser ziemlich undurchsichtigen Feststellung ging sie weg.

Während sie ihren French Toast aß, der außerordentlich gut schmeckte, fragte sie sich: Wenn die Kellnerin den Strafzettel bekommen hätte, hätte der Koch ihr dann die gleiche Anteilnahme entgegengebracht? Ja, dachte sie, das hätte er. Hätte der Koch gesagt, daß sie, die Kellnerin, Mut habe? Daß sie nicht klein beigebe und sich von den Obrigkeiten unterbuttern lasse.

Aber wenn sich jemand der Gefahr nicht bewußt war – was im Fall des Kochs sicher zutraf –, konnte man es dann als Mut bezeichnen? Sie glaubte – nein.

Die Kellnerin stand nun wieder auf ihrem Posten am Ende der Theke; sie sah aus dem Fenster und rauchte. Gleißendes Sonnenlicht breitete sich wie ein Fächer über die Scheibe aus und ließ ihre Schürze aufleuchten wie eine weiße Flamme.

Sie aß ihre Würstchen und fragte sich, ob die Leute wohl mutige Taten vollbringen könnten, ohne zu wissen, daß es sich um solche handelte. Sie runzelte die Stirn. Aber wäre das das gleiche, wie die Gefahr nicht zu bemerken, die der Sache innewohnte? Sie trank ihren Kaffee und fragte sich, ob sie selbst Mut hätte. Selbst im Rückblick auf ihre Kindheit versuchte sie, sich an eine Tat zu erinnern, die man als »mutig« hätte bezeichnen können, aber es fiel ihr nichts ein. Nein, aber als sie ein Kind von acht oder neun war, gab es einen Vorfall, bei dem sie für eine Freundin namens Sissy die Schuld übernommen hatte. Sie konnte sich nicht mehr erinnern, was Sissy tatsächlich getan hatte. Von ihrer Mutter hätte sie deswegen Ohrfeigen bezogen. Hatte Sissy etwas zerbrochen? Etwas kaputtgemacht? Sie konnte sich beim besten Willen nicht mehr daran erinnern. Aber sie erinnerte sich an das harte und böse Gesicht von Sissys Mutter. Also hatte sie behauptet, sie allein habe es getan. Sissy treffe keine Schuld, und natürlich wagte Sissys Mutter nicht, sie zu ohrfeigen. Mütter konnten nicht einfach die Kinder anderer Leute schlagen.

Warum konnte sie sich dann aber als »mutig« bezeichnen? Sie war ja nicht Gefahr gelaufen, geschlagen zu werden. Dennoch ...

Aber es mußte eine ganz andere Art von Mut geben. Mut hatte wenig zu tun mit der Androhung von Gewalt, der man sich aussetzte. Und dann dachte sie, daß keine bestimmte Handlung als solche mutig wäre. Die Abfahrt über den verschneiten Hügel hinter dem Gerichtsgebäude wäre für einen olympischen Skifahrer kaum mutig gewesen. Aber ein Anfänger hätte dafür wahrscheinlich schon Mut gebraucht. Es war also ein relativer Begriff – wie Schönheit. Ein achtjähriges Kind konnte die Gefahr weniger gut einschätzen wie ein Erwachsener. Ein Kind konnte unbeeindruckt in ein Gesicht sehen, das vor Wut rot war, und wissen, daß es sich um Wut handelte und daß diese Wut ihm galt. Also hatte es Mut gezeigt. Sie fühlte sich irgendwie erleichtert. Aber jetzt dachte sie über das Essen letzte Woche nach und darüber, ob sie ansatzweise geahnt hatte, daß ihre Frage (und es handelte sich doch tatsächlich um eine unschuldige Frage!) sehr nahe daran gewesen war, das Gleichgewicht zu stören. Welches Gleichgewicht, wußte sie allerdings nicht.

Sie hatte Angst, daß sie die Schraube um eine Windung zu fest angezogen und einen Gleichgewichtszustand gestört hatte. Daß sie nicht bemerkt hatte, wie sorgfältig die Waagschalen ausbalanciert waren. Der Unterschied zwischen geistiger Gesundheit und Wahnsinn war nur haaresbreit. Denn – so glaubte sie – zwischen dem Übergang von einem zum anderen bestand kaum ein Unterschied.

Das leichte Zittern unter ihren Füßen zeigte ihr an, daß der Elf-Uhr-Neunundfünfziger einfuhr. Ein weiteres dieser Anzeichen, das einem Erdbeben vorausging. Es war ein Personenzug, und gewöhnlich befand sie sich zu dieser Zeit auf dem Bahnsteig, wenn sie am Bahnhof war, denn sie schaute gern durch die Zugfenster auf die Gesichter der Fahrgäste, die schläfrig, gelangweilt oder über Bücher und Zeitungen gebeugt waren.

Aber sie hatte ihr Frühstück noch nicht beendet, daher beobachtete sie nur, was durch das Fenster des Cafés zu sehen war. Es war nicht viel, nur eine Ladung von ein paar großen Kisten. Niemand stieg aus, niemand stieg ein, soweit sie erkennen konnte.

Sie aß ihr Frühstück auf, saß eine Weile da und beobachtete die Kellnerin, die näher ans Fenster getreten war und auf den Bahnsteig hinaussah. Der Zug fuhr langsam an, nahm an Geschwindigkeit zu und verließ schließlich den Bahnhof. Die Kellnerin ging zur Theke zurück, wo sie, die Hände in die Taschen gesteckt, stehenblieb und immer noch auf die Gleise hinausschaute, die wieder leer waren. Die Kellnerin sah oft versonnen aus, dachte sie. »Versonnen« war ein Wort, das sie nie zuvor auf jemanden angewandt hatte, aber es paßte zu der Kellnerin.

Dann ging die Tür auf, und eine große hübsche Frau, die in Schwarz gekleidet war, trat ein. Ohne sich umzusehen setzte sie sich an einen Vierertisch in der Ecke. Ihre selbstbewußte Ausstrahlung, ihr Verhalten und ihre Kleidung vermittelten den Eindruck einer Person, die an Geld gewöhnt war, von jemandem, der nicht um Dienst bat oder darauf wartete. Sie trug einen jener kleinen Koffer, die als »Bordcases« bezeichnet werden, ein kastenartiges Gehäuse aus dicker brauner Alligatorhaut mit einem Griff am oberen Ende, das sie nun neben ihren Stuhl stellte. Dann setzte sie sich und zog die Speisekarte zwischen Zuckerschale und Serviettenhalter heraus. Der Rock ihres schwarzen Kostüms reichte bis zu den Fesseln und hatte eine Kellerfalte. Der wundervolle Schnitt machte die Schmucklosigkeit des Kostüms wett. Sie trug keinen Schmuck, was erstaunlich war bei der Eleganz des Kostüms und des kleinen schwarzen Hutes. Doch der Verzicht auf Schmuck unterstrich das selbstbewußte Auftreten und die Sicherheit, die nicht durch Gold und Brillanten hervorgehoben werden mußte.

Die Kellnerin ging zu dem Tisch hinüber, sobald die Frau sich gesetzt hatte; sie gab jetzt irgendeine Bestellung auf, vermutlich Kaffee, denn sie hatte kaum einen Blick in die Speisekarte geworfen, bevor sie sie wieder zurücksteckte.

Es war gut, eine Frau allein essen und reisen zu sehen. Zu wissen, daß sie selbst nicht die einzige war. Sie spürte eine Verwandtschaft zu der Frau in Schwarz – trotz deren Eleganz. Aber vielleicht war die Frau in Schwarz auch nicht klüger als sie selbst. Sie hätte dieser Frau, deren Augen beim Blick durch den Raum nachdenklich und grüblerisch wirkten, gern die Frage über die Schönheit gestellt. Ein- oder zweimal sah die Frau über die Schulter zur Tür zurück.

Und ein paar Minuten später trat ein Mann ein, der allen Vermutungen über das Alleinsein der Frau ein Ende setzte. Die Kellnerin brachte den Kaffee und irgendein Gebäck an den Tisch, und der Mann bestellte sich ebenfalls einen Kaffee.

Natürlich war es albern von ihr gewesen zu glauben, daß diese Frau allein wäre. Eine Frau, die so aussah und sich so verhielt.

Der Mann war ähnlich gut gekleidet. Der Mantel, den er über eine Stuhllehne warf, war aus Kaschmir und hatte die Farbe von heißem Sand.

Sie fragte sich, wohin sie wohl fuhren. Oder besser gesagt, wohin die Frau fuhr, denn aus irgendeinem Grund hatte sie den Eindruck, daß der Mann derjenige war, der zurückblieb. Vielleicht nur deswegen, weil er keinen Koffer hatte.

Die Bedienung kam fast sofort mit seinem Kaffee und der Warmhaltekanne zurück, um die Tasse der Frau aufzufüllen. Nachdem sie weggegangen war, tranken die beiden in wohltuender Einträchtigkeit ihren Kaffee und aßen ihr Gebäck.

Der Koch kam zurück.

Er nickte dem Mann und der Frau in der Ecke zu, die ihn nicht sahen oder nicht beachteten.

Er nickte auch ihr zu und lächelte sie an, womit er den Eindruck vermittelte, sie gehöre zum festen Inventar des Cafés. Ihr gefiel das, und sie erwiderte das Lächeln. Sein Geicht war gerötet, und seine Augen strahlten, als hätte er Champagner getrunken. Er war tatsächlich so aufgekratzt, daß er die Kellnerin umarmte, die lachte. Er mußte den Rechtsstreit wegen des Strafzettels gewonnen haben, und jetzt berichtete er der Kellnerin.

Der Mann und die Frau in der Ecke nahmen ihre Mäntel und den Koffer und schickten sich an aufzubrechen. Der Mann drehte sich auf seinem Stuhl um und winkte nach der Kellnerin. Aber die reagierte nicht; sie hatte das Winken wahrscheinlich nicht einmal bemerkt, denn ihre ganze Aufmerksamkeit galt der Rückkehr des Kochs und seiner Geschichte.

Der Koch gestikulierte und fuchtelte mit den Armen herum, aber seine Stimme war so leise, daß sie nur ein Murmeln hören konnte. Sie freute sich, daß er gewonnen hatte; es schien ihr wichtig zu sein, obwohl sie nicht wußte, warum.

Der Mann und die Frau am Ecktisch waren inzwischen aufgestanden. Er war sichtlich verärgert, weil er die Kellnerin nicht dazu bringen konnte, von ihm Notiz zu nehmen. Sie lachte über die Geschichte des Kochs. Schließlich ging der Mann mit strenger Miene zu den beiden hinüber. Wütend sagte er, daß die Kellnerin sie hier warten lasse. Dann verebbte sein Zorn, und sie konnte nur vereinzelte Worte verstehen.

Aber sie sah, daß sich ein starrer Zug um den Mund der Kellnerin bildete. Der Koch steckte seine zuvor gestikulierenden Hände in die Taschen, wandte sich ab und ging in die Küche; er blieb jedoch an der Tür stehen und sah zurück.

Vielleicht fragte er sich, was er tun sollte. Die Worte des Mannes enthielten natürlich keine Drohung, sie drückten nur seine schlechte Laune aus. Der Mann breitete die Arme aus und sah sich um; er sah auch auf sie, die allein dasaß, als wolle er damit ausdrücken, daß das ganze Café seine Auffassung teile, was die Mißachtung der Gäste durch die Kellnerin anbelangte. Es sei unentschuldbar, da nur noch *ein* weiterer Tisch besetzt sei. Er deutete auf sie, als er sagte: »Nur sie«, womit er sie in seine Beweisführung einbezog und sie zu einer Verbündeten machte. Es ärgerte sie, daß er sie einfach für seine Beschwerde vereinnahmte, sie fast zu einer Beteiligten machte.

Die Frau in Schwarz war währenddessen am Tisch stehengeblieben; ihr glattes, blasses Gesicht verriet nichts, ihre Gedanken waren ein Geheimnis. Vielleicht war auch sie über die Kellnerin verärgert, da sie es gewohnt war, daß die Dienstboten auf jeden Wink herbeieilten. Aber vielleicht dachte sie auch, daß er ein ungehobelter Kerl sei. Es war nicht zu ergründen.

Der Mann war inzwischen still und wartete stocksteif auf sein Wechselgeld. Die alte Registrierkasse, ein urtümliches Stück, hatte eine Schublade, die mit klingelndem Geräusch aufsprang. Und die Kellnerin begann das Wechselgeld abzuzählen, hatte aber Schwierigkeiten damit. Der Koch stand noch immer an der Küchentür und ging nun hinter den Tresen zurück. Sie sagte etwas zu dem Koch; der nickte, nahm das Geld und ging aus dem Café hinaus.

Soweit sie das Gespräch verstanden hatte, hatte der Mann der Kellnerin eine Hundertdollarnote gegeben. Für eine Rechnung, die vermutlich nicht mehr als drei Dollar ausmachte. Sie dachte, daß dieser Mann gewiß oft Szenen wie diese heraufbeschwor, womit er sich nichts Gutes antat. Denn sie hätte wetten können, daß in seiner Geldklammer immer ein paar einzelne Dollarscheine steckten und daß er den Hundertdollarschein benutzte, um sich aufzuspielen und zu protzen. Das führte nun dazu, daß er warten mußte, bis der Koch das Geld außerhalb des Bahnhofs irgendwo wechseln ging, vielleicht in der Bank. Sie dachte über den Koch nach. Über welche inneren Kraftquellen der wohl verfügte, um sich gegen die Polizei, den Richter und das System zu stellen? Sie war sich ziemlich sicher, daß sie selbst das nicht geschafft hätte. Sie hätte den Strafzettel einfach bezahlt. Doch das störte sie nicht, denn bestimmt hätten die meisten Leute dasselbe getan.

Der Mann blieb an der Theke stehen, er seufzte vor Mißbilligung, starrte zornig auf die Tür, durch die der Koch verschwunden war, und schenkte der Frau in Schwarz keinerlei Beachtung, die immer noch – die Hand auf den Koffer gelegt – an ihrem Tisch stand.

Es war äußerst ärgerlich, daß ein einziger Mensch seine schlechte Laune im ganzen Lokal verbreiten, alle quälen und jeden mit seinem Zorn anstecken konnte. Sie verachtete den Mann und sein Verhalten, denn er hatte dem Koch den Augenblick seines Sieges verdorben.

20

Dies war das letzte gemeinsame Essen, das sie bis zu seiner Rückkehr aus La Paz und von diesem Fluß einnehmen würden. Nicht vom Amazonas, dem anderen. Sie konnte sich an den Namen nicht erinnern.

Das Restaurant, das er diesmal ausgesucht hatte, war ein deutsches; es war eng und ein wenig schäbig, aber voller intensiver und köstlicher Düfte.

Ihr erster Gang bestand aus einer Suppe; er aß gedämpfte Muscheln. Sie war überrascht, auf der Speisekarte eines deutschen Restaurants Muscheln zu finden. Wahrscheinlich der Hauptgrund, warum er das Lokal gewählt hatte.

Die Suppe war ein deftiges Gebräu mit Knödeln und hätte als ganze Mahlzeit ausgereicht. Nach ihrem späten Frühstück mit dem French Toast würde es ihr schwerfallen, das gesamte Mittagessen hinunterzubekommen. Sie hätte sich keine Suppe bestellt, wenn der Ober sie nicht als »Brühe« beschrieben und sie nicht angenommen hätte, sie wäre nicht schwerer als eine Consommé. Die Deutschen mußten eine seltsame Vorstellung von Brühe haben. Als Hauptgericht hatte sie den Heringsalat bestellt, in der Hoffnung, es handle sich dabei um ein leichtes Gericht.

Er hatte sich etwas Komplizierteres ausgesucht, dessen Auflistung seiner Bestandteile einen halben Absatz auf der Speisekarte einnahm; darunter entdeckte sie verschiedene Arten von Wurst – unter anderem Bratwurst –, Kartoffelsalat oder möglicherweise Pfannkuchen, Spätzle, Rotkohl ...

Als er auf Deutsch bestellte, war sie nicht überrascht. Sie vermutete, daß er die Sprachen der meisten Länder beherrschte, die er bereist hatte. Zudem fließend, denn er hatte mit dem Ober die Weinbestellung besprochen. Der Ober war so entzückt, einen Gast zu haben, der nicht nur über Wein Bescheid wußte, sondern auch noch seine Sprache beherrschte, daß er die ganze Weinkarte mit ihm durchdiskutierte. Sie lachten mehrmals und scherzten auf Deutsch. Sie entschieden sich für einen Chardonnay. Die Sprache erschien ihr so deftig und schwer wie das Essen, kunstlos und ohne

Anmut – ihr mangelte der Zauber des Spanischen, der anmutig gleitende Klang des Französischen.

Deutsch, Französisch, Spanisch. Er redete genausowenig über Sprachen wie über seine Reisen. »Das ist die dritte Sprache, abgesehen von Englisch, die ich dich habe sprechen hören.« Sie lächelte.

Sein Kopf war natürlich über seinen Teller mit Muscheln gebeugt. Er reagierte nur mit einem wegwerfenden Achselzucken. »Man schnappt sie halt auf, wenn man soviel reist wie ich.«

»Nein, das ist nicht nur ›aufgeschnappt‹. Du sprichst viel fließender, als man es sich beim Schwatz mit ein paar Eingeborenen am Brunnen aneignen kann.« Nachdem er nur gebrummt und eine andere Muschel aufgespießt hatte, beschloß sie, ihn nicht zu fragen, welche Sprachen er noch beherrschte. Obwohl eine wirklich dumme Frage ihn dazu bewegen würde, die Augen von den Muscheln zu heben. »Was spricht man in La Paz? Brasilianisch?« Sie hatte eigentlich einen Scherz machen wollen.

Sein Kopf blieb gesenkt. Vollkommen ernsthaft antwortete er: »Nein, portugiesisch.«

Schweigend aßen sie weiter, er in seiner »Fluchthaltung«, den Stuhl zurückgeschoben, so daß er die Beine seitlich übereinanderschlagen konnte, den Körper ebenfalls leicht zur Seite geneigt, eine Schulter angezogen, den Kopf gesenkt. Vielleicht hatte sie sich das alles nur eingebildet – sein Unbehagen, seinen versteckten Ärger über ihre Fragen. Denn er schien ganz der alte zu sein. Und sie war sich nicht sicher, ob sie erleichtert war oder sich über seine Abgestumpftheit nur noch mehr ärgerte. Vielleicht schrieb sie ihm ein Ausmaß an Selbstsucht zu, das ihm nicht bewußt war, vielleicht sogar ein Ausmaß, das er wirklich nicht hatte. Vielleicht projizierte sie ihre eigenen Unsicherheiten auf ihn. Ihre eigenen Ängste.

Sie versuchte, sich eine Situation vorzustellen, die ihm bald bevorstand. Zu packen, ihre Tür zu verschließen. Auf dem Bahnsteig auf einen Zug zu warten, auf *ihren* Zug. Die Durchsage zu hören: *Der Zug nach La Paz fährt nun auf Gleis eins ab* ... Ein geflügelter Zug, ein Zug wie ein Luftkissenfahrzeug, das ein paar Zentimeter über dem Wasser schwebte. Sie wäre eines der Gesichter auf der anderen Seite der Fenster und würde auf den Bahnsteig und in die Leere hinausstarren, wo sie kurz zuvor noch gestanden hätte ... Ein solches Vorgehen wäre apokalyptisch für sie. Begriff er das nicht?

Sie sah auf das bißchen Suppe, das im Teller zitterte, ein seltsam bräunliches Gelb, und sie dachte an den Fluß. Der Boden verschlammt, ein dickes, langsames Fließen von Braun. Nicht die stahlgraue Klarheit von Kristall, die man mit Flüssen in Verbindung bringt, die um graue Felsen gleiten.

»Wie ist deine Suppe?«

Sie riß die Augen auf. Sie hatte nicht bemerkt, daß sie bis zum Moment der unvermeidlichen Frage halb geschlossen gewesen waren. Sie sah über die ordentlich aufgeschichteten Muschelschalen hinweg. Er bohrte die winzige Gabel in ein Muschelgehäuse.

»Ganz gut.« Sie hielt inne. »Ich habe an den Fluß gedacht.«

Er antwortete nicht. Sicher hatte er sie nicht gehört. Also sagte sie es noch einmal. *Den Fluß.*

Ruckartig hob sich sein Blick, und er zog die Augenbrauen in die Höhe vor Staunen über diese Belästigung durch einen Einwurf, während er mit seinen Muscheln beschäftigt war.

»Ich habe gedacht, daß ich Angst hätte, wenn ich an deiner Stelle wäre. Ich hätte Angst«, wiederholte sie.

Er räusperte sich. »Oh, ich weiß nicht ...« Er nahm Zuflucht zu der Gruppe von Obern, die am Ende des Raums miteinander redeten, und winkte den für sie zuständigen herbei.

Ihr Lächeln war ein wenig unsicher, als sie sagte: *»Du* weißt das nicht. *Ich* schon.«

»Du bist mit deiner Suppe fertig, oder?« Er inspizierte die Gewürze, den Meerrettich, den Senftopf.

»Ja.« Entschlossen fuhr sie fort: *»Ich* hätte Angst, diesen Fluß hinunterzufahren. Durch diesen Dschungel.«

»Ach? Warum...? Verdammt!« Der Topf entglitt seinen Fingern und schlug auf der Tischkante auf, bevor er zu Boden fiel, wo er – ohne zu zerbrechen – herumkreiselte. Blitzartig beugte er sich hinunter und hob ihn auf. Er lachte kurz und stellte den Topf wieder auf den Tisch. »Solides Material. Die Deutschen wissen, wie man Sachen macht. In Essen gab es ein Restaurant, fällt mir ein, da gab es einen Senf...«

Er setzte zu einer belanglosen Geschichte über Senf und die Stadt Essen an, die niemanden interessiert hätte, auch wenn es sich um die letzte gedruckte Seite auf der ganzen Welt gehandelt hätte. Hoffnungslosigkeit überkam sie, schließlich Zorn, was ergiebiger war. Er fuhr mit der langweiligen Geschichte fort, bis der Ober mit dem Hering und der Bratwurst kam und ihr damit eine Weile Ruhe vor Berichten über Essen und Senf verschaffte.

Sie beschloß, daß sie ihn bis zu der nächsten Unterbrechung, dem Einschenken des Weins, schnell vorwärtstreiben mußte, und erwähnte das Buch, das sie – angeblich zufällig – gelesen habe. »In der Bibliothek bin ich auf eine Stelle gestoßen, die sich auf diesen Fluß bezog. Offensichtlich fließt er durch eine der wildesten Gegenden der Welt, und ihn hinunterzufahren ist so, als wäre man ins Diluvium zurückversetzt.«

Er sah sie natürlich nicht an. Er schnitt seine Bratwurst in hübsche dicke Ringe.

»Die Eingeborenen treiben keinen Handel *mit* der zivilisierten Welt. Im Buch werden sie als ›Wilde‹ bezeichnet, und entlang des ganzen Flußlaufs leben einige der gefährlichsten Reptilien überhaupt.« Das hatte sie nicht gelesen, aber sie hatte sich nun darauf verlegt, Dinge zu erfinden. »Krokodile, Mokassinschlangen, Wassermokassinschlangen. Ganz zu schweigen von den Wilden.« Konnte sie ihm so viel Angst einjagen, daß er ihr eine vernünftige Antwort gäbe? Mußte die ihm entrissen oder herausgeschnitten werden? Er müßte verzweifelt sein. Er müßte ins Leere greifen, um Hilfe rufen, zusehen, wie die nasse Klinge aus seinen Eingeweiden gezogen würde, nicht weniger wäre dafür erforderlich.

Den Blick auf den Teller gerichtet, sagte er: »Wie ist dein Hering?«

Mit rotem Gesicht, das Pochen des eigenen Blutes spürend, hätte sie am liebsten um sich geschlagen, während sie ruhig ihr Essen verzehrte. Sie dachte an die Frau in Schwarz, die kalt und glatt war wie ein Mond aus Elfenbein, die jeglicher Wärme entbehrte, und sie spürte eine Art Verwandtschaft mit ihr. So wird man, das muß man. Was diese Frau dazu getrieben hatte, sich hinter diese Maske zurückzuziehen, waren vermutlich der Mann und seine unmöglichen Forderungen.

»Dieser Passus ist aus ›Peter Quince at the Clavier‹«, sagte sie.

Unschuldig verwirrt sah er auf. »Was ist das? Welcher Passus?«

»›Schönheit ist ein flüchtiger Augenblick im Geiste.‹ Den du zitiert hast. Der ist aus ›Peter Quince at the Claviers‹«.

Er runzelte die Augenbrauen und sah ins schattige Dunkel des Restaurants.

Draußen mochte strahlender Sonnenschein herrschen – hier drinnen wurde es immer schwieriger, jenseits des halbmondförmigen Kerzenscheins auf ihrem Tisch etwas zu erkennen. So kam es ihr zumindest vor.

»Den *ich* zitiert habe?«

Oh, er war doch gewiß nicht so schäbig; er würde es doch nicht einfach *abstreiten,* daß er das getan hatte? »Ja, obwohl du die zweite Zeile vergessen hattest. Oder einen Teil davon.«

»Ah!« stieß er mit einem Atemzug hervor, als wäre dieses Thema, um das lange gerungen worden war, nun endlich geklärt.

»›Das wechselnde Sternenlicht eines Portals.‹ Ich habe mich gefragt, was diese Zeile bedeutet. Und die andere...«

Er setzte seine nachdenkliche Miene auf, während er für ein paar Momente den Blick vom Teller zu heben vermochte. »Hm-hm.« Jetzt aß er den Rotkohl. Er deutete mit der Gabel darauf. »Köstlich. Dieses Lokal ist wirklich eine Entdeckung. Ja, eine wirkliche Entdeckung.«

Sie ließ sich nicht unterbrechen. »Es war die Idee von relativer Schönheit, die du angesprochen hast. Du hast das angesprochen ...« Sie wollte hinzufügen: *du ganz allein, ich war erstaunt.* »Du hast gesagt, Tahiti sei ›relativ schön‹. Verglichen mit Maui sei es relativ, es sei nicht so unglaublich schön gewesen, und du hast Wallace Stevens zitiert. ›Schönheit ist ein flüchtiger ... ‹«

Jetzt schmunzelte er. »Du bist wirklich besessen von Maui und Tahiti.« Er schüttelte den Kopf vor Verwunderung über ihre Besessenheit. »Du solltest hinfahren, weißt du.«

»Ich will nicht hinfahren. Es sind bloß Beispiele.«

»Hm.« Er löffelte saure Sahne über einen Pfannkuchen.

»Beispiele für deine Vorstellung von relativer Schönheit.« Als er keine Antwort gab, nicht einmal ein Brummen, fragte sie (zu verzweifelt): »Hörst du *überhaupt* zu?« Dies war die falsche Annäherungsweise; es gäbe ihm die Möglichkeit, jede irgendwie geartete Form einer vernünftigen Unterhaltung aufzugeben.

»Jedem Wort. Es tut mir leid, wenn du glaubst, ich hörte nicht zu, aber ich habe nur versucht, mein *Essen* zu genießen. Ich habe nicht gewußt, daß wir zum Essen gehen, um ein *unablässiges* Gespräch zu führen ... Also gut ... worüber möchtest du reden?« Er sah sie streng an, als zeige sie tatsächlich Anzeichen von Besessenheit, von einer Verrücktheit, die das Personal zum Davonlaufen brächte.

Aber sie ließ ihn nicht so einfach davonkommen, indem er sich über sie lustig machte. Das war einer seiner Lieblingstricks. »›Schönheit ist ein flüchtiger Augenblick im Geiste‹ ... *Darüber* werden wir reden.«

Es war, als hätte sie nichts gesagt. Aber sie wußte ja schließlich, daß sie für ihn unsichtbar war – oder?

Während er ein weiteres Stück dickes schwarzes Brot mit Butter bestrich, sagte er: »Hast du gewußt, daß Krokodile nicht nach hinten sehen können?«

Die Frage war in ihrer Bedeutungslosigkeit so bestürzend, daß es ihr die Sprache verschlug.

»Das stimmt. Hast du je eins gesehen, das sich über die Schulter geschaut hätte?« fragte er mit einer erstaunlichen Heiterkeit, als hätte sie dies bestritten. »Krokodile können den Kopf nicht drehen und zurücksehen. Ich schätze, es ist am besten, wenn man immer darauf achtet, hinter ihnen zu stehen.«

Sie ließ das Thema Wallace Stevens fallen und sagte: »Egal, ob von vorn oder von hinten, Krokodile sind gefährlich.« Dann fragte sie rundheraus: »Hast du nie das Gefühl, in Gefahr zu sein?«

»Hm. Oh, gelegentlich. Ich glaube, das geht uns allen so, oder?« Er spießte ein Stück Wurst auf und steckte es sich in den Mund, kaute, ließ den Blick durch das dämmrige Lokal wandern und weigerte sich, ihn auch nur für einen Augenblick auf ihr ruhen zu lassen.

»Nein, *überhaupt* nicht. Ich spreche über Gefahren, die dir auf deinen Reisen begegnet sind. Hast du je das Gefühl gehabt, in Gefahr gewesen zu sein?«

Er aß seine Bratwurst und den Kohl auf. Vermutlich würde er nicht antworten. Aber er tat es. »Ich glaube, in Tibet. Beim Klettern. Beim Besteigen eines Berges, meine ich.«

Sie hatte keine Ahnung, daß er in Tibet gewesen war. Unwillkürlich rutschte sie auf ihrem Stuhl nach vorn. »Tibet?«

»Sie wollten mich natürlich nicht mitnehmen – die Gruppe wollte das nicht. Keine Erfahrung. Ich kann es ihnen nicht verdenken ...« Das letzte Stück des Kartoffelauflaufs verschwand in seinem Mund.

Er sprach darüber, als hätte er einen Spaziergang um den Häuserblock gemacht. Diesmal war sie es, die nicht mehr zuhörte. Sie stellte sich rauhe Berge, Klippen und Felsspalten vor. Rote Felsen, die sich über einer verlassenen Landschaft erhoben. Unbewohnte Orte von unvorstellbarer Einsamkeit.

» ... die Prozession mit der *polizi im* Schlepptau.« Wieder schmunzelte er.

»Was? Welcher Polizei?«

Er gestikulierte mit dem Messer in ihre Richtung. »Hörst du nicht mal zu?«

»War das in Venedig?« Sie erinnerte sich, daß er ein paar Monate dort verbracht hatte.

»Diese Beerdigung. Nun, natürlich fahren sie mit Booten zum Friedhof, nicht wahr? Mit schwarzen Gondeln ..., es ist sehr eindrucksvoll, das zu beobachten. Mein Freund – es war sein Motorboot, nicht meins – hat mich überredet, mich dem Leichenzug anzuschließen. Was ich prompt getan habe. Nachdem ich zwei Flaschen ziemlich schauderhaften Weins getrunken hatte. Also befand ich mich plötzlich inmitten der schwarzen Boote der Trauergäste ...« Er mußte innehalten, um zu lachen.

Sie starrte ihn an. Das war doch gar nicht seine Art – oder? Sich über einen Leichenzug lustig zu machen. Während er in seinem Spielzeugboot durch die Wellen glitt, vermutlich mit wehenden Wimpeln. Gondeln, die dahintrieben wie schwarze Schwäne. Sie fragte sich, wer gestorben wäre. »Tod in Venedig«, sagte sie plötzlich und mit trauriger Stimme.

»Ah ja. Wie hieß er doch gleich? Aren-?«

»Achenbach.« Sie sagte es traurig. »Es herrschte die Cholera. Er konnte nicht abreisen, er stand unter einem Zauber, war wie gebannt.«

Schönheit ist ein flüchtiger Augenblick im Geiste.

»War die Familie – immun?« Sie runzelte die Stirn bei dem Wort. »War er immun, der Junge, der so schön war? Wie eine dieser mythischen Gestalten, die Art von Menschen, die die Präraffaeliten immer gemalt haben. Er hat sich während der Seuche nicht angesteckt. Achenbach ist daran gestorben. Hat seine Schönheit ihn immun gemacht?«

»Du liest zu viele Bücher.«

Sic stutztc. Er war nicht so dumm, einfach solch eine alberne Bemerkung fallenzulassen; er tat das nur, weil es ihm Spaß machte, ihr Unsinnigkeiten hinzuwerfen.

»Ich lese zu wenig.«

Nun sah er über die Schulter nach dem Ober, der verschwunden war. »Wohin zum Teufel verziehen die sich immer? Warum ist nie einer da, wenn man ihn braucht?«

»Wie die *polizi«,* sagte sie lächelnd. Sie ging auf ihn ein.

»Ja.« Er lachte. »Polizi.«

Sie machte mit, und irgendwo in seinem Innern war ihm das auch bewußt, obwohl er das entweder nicht zugeben konnte oder nicht wollte. Schließlich war es das letzte gemeinsame Essen, bevor er vom Amazonas oder aus Bolivien zurückkehren würde. Und warum eigentlich glaubte sie, diejenige sein zu müssen, die den Ton angab? Die festlegte, wo die Grenze der Intimität begann? Die über die Art und Weise der Unterhaltung entschied? Sie sprachen nicht einmal dieselbe Sprache; sie kam aus einer anderen Welt, vermutlich sogar einer ärmeren.

Als der Ober schließlich mit dem Kaffee auftauchte, dachte sie gerade, wenn er von seiner Reise zurückkäme, würde sie vielleicht toleranter sein.

21

Aber er kam nicht zurück.

Jeden Tag um drei oder vier Uhr suchte sie das eine oder andere der Restaurants auf, sah sich darin um, warf einen Blick auf die Gesichter der wenigen Gäste und ließ sich manchmal zum Essen nieder, obwohl sie nie hungrig war. Es waren abergläubische Mahlzeiten, fast so, als käme er zurück, wenn sie die Gewohnheit der späten Mittagessen beibehielte.

Nach zwei Wochen begann sie damit, die Geschäftsführer und Kellner zu fragen. Ob sie sich an ihn erinnerten? Ob sie ihn gesehen hätten? In einigen Fällen konnte sich der Ober an sie beide erinnern und sagte zu ihr, nein, ihr Freund sei in letzter Zeit nicht dagewesen. In dem französischen Restaurant erinnerte sich der *sommelier* sehr genau an ihn, weil er sich mit Weinen ausgekannt und sogar über bestimmte Weingegenden in Burgund Bescheid gewußt hatte – wie etwa Montrachet. O ja, der Ober erinnerte sich genau an ihn.

Im Verlauf dieser Suche kam ihr immer wieder die schreckliche Armseligkeit dieser Freundschaft zum Bewußtsein, von der, obwohl sie über ein Jahr lang gedauert hatte –

trotz all dieser Mittagessen! – kein Beweis existierte, außer einer Telefonnummer und ein paar Büchern mit persönlicher Widmung. Sie hatten keine gemeinsamen Freunde oder Bekannte, und sie hatte keine Vorstellung von dem Ort, wo er lebte (sie war nie dort gewesen), genausowenig von dem Raum, in dem er jeden Morgen und einen Teil des Nachmittags geschrieben hatte. Es gab nur die Telefonnummer und die geisterhafte Stimme auf dem Anrufbeantworter. Auf diese Weise verging ein Monat, und sie hatte immer noch keinen Anhaltspunkt über seinen Verbleib.

Schließlich rief sie seinen Verleger an.

Sie hätte schon früher darauf kommen können, denn ein großer Teil ihrer Unterhaltung hatte sich um die Wechselfälle des Verlagsgeschäfts gedreht, um seinen Verleger oder Lektor. Doch er hatte keine Namen genannt; daher wußte sie nicht, nach wem sie fragen sollte.

Sie sagte zu der Empfangsdame, die das Gespräch annahm (und die ungeduldig war, weil sie nach der Person suchen mußte), daß sie keine Ahnung habe, wie der Lektor oder sonst jemand heiße, aber es müsse doch sicherlich bestimmte Lektoren geben, die sich mit Reiseliteratur beschäftigten.

Als sie zu der zweiten Person durchgestellt worden war, hatte sie das Gefühl, einen Fortschritt gemacht zu haben, denn die sagte, ja, der Name sei ihr natürlich ein Begriff und sie würde sie mit dem Lektor verbinden. Sie bekam nicht den Lektor, sondern dessen Assistentin. Die junge Frau schien zu zögern, Fragen über einen ihrer Autoren zu beantworten. Aber sie überzeugte das Mädchen, daß sie eine sehr gute Freundin sei, und erfand eine kleine Geschichte, um zu erklären, daß sie im Verlag habe anrufen müssen.

»Wenn Sie aber eine so gute Freundin sind?... Das wissen Sie nicht?« sagte die Assistentin. »Sie haben nicht erfahren, daß er tot ist?«

Sie schloß die Augen, rang nach Luft. Die Brust wurde ihr eng, als hätte eine Faust sie gepackt und zugedrückt. Es war die Art von Schmerz, die man mit einem Herzanfall in Verbindung bringt. Aber sie wußte, daß es nicht daher kam. Sie konnte nichts erwidern – außer: »Was? Was haben Sie gesagt?«

»Es ist in ... passiert ..., er wurde am Amazonas getötet ...«

Sie mußte einhängen, im Augenblick ertrüge sie es nicht, sich die Einzelheiten anzuhören. Sie hatte den Hörer schon fast aufgelegt, bevor sie noch fragte: »Wann?«

»Vor einem Monat. Einen Tag bevor er zurückkommen sollte ... Aber ich bin überrascht, daß Sie das nicht gehört haben ...« Die Stimme des Mädchens klang, als wolle sie sie der Vernachlässigung einer Freundschaft bezichtigen. »Es stand alles in den Zeitungen ...«

»Ich bin ... im Ausland gewesen.« Immer noch hatte sie das Gefühl, sich für ihre Unwissenheit entschuldigen zu müssen.

»Nun, es ist praktisch überall in den Nachrichten verbreitet worden. Sie müssen ihn nicht allzu gut gekannt haben.«

Die Worte waren wie kleine Schläge, winzige strafende Hämmerchen. Sie hätte vor Scham sterben können ob ihrer Ahnungslosigkeit.

»Passiert ist folgendes ...«

Eilig dankte sie der Assistentin des Lektors. »Ich werde seine – Familie anrufen.« Fast hätte sie gesagt, seine »Mutter«, bevor ihr einfiel, daß seine Mutter vielleicht tot war.

Es war schrecklich für sie, daß dieses ziemlich unhöfliche Mädchen über diese Einzelheiten Bescheid wußte, daß sie wußte, ob seine Mutter noch lebte, ob er Geschwister hatte, wann und wo er geboren worden war.

Sie legte die Stirn an den kalten Hörer. Ihr Gesicht war heiß. Die Vorstellung, daß sie eine so periphere Gestalt in seinem Leben war, daß sie von einer vollkommen Fremden – einen ganzen Monat nachdem es passiert war – von seinem Tod erfahren mußte...

Natürlich wollte sie wissen, wie er gestorben war (hatte das Mädchen nicht getötet gesagt?), und auch die Einzelheiten darüber, wo und wie es geschehen war. Aber es wäre weniger schmerzlich, das in einer Zeitung nachzulesen, als es von dieser anmaßenden jungen Frau zu hören, die so sehr von ihrer eigenen Wichtigkeit überzeugt war, weil sie im Dunstkreis all dieser Schriftsteller arbeitete.

Sie hob den Kopf, wischte sich über die Augen und war erstaunt, daß sie weinte. Es stand in allen Zeitungen. Die Stadt, in der sie wohnte, war nicht groß, aber da er ja hier gelebt hatte, stand die Nachricht sicher in der Lokalzeitung. Sie würde sich die alten Ausgaben in der Bibliothek heraussuchen, und da es erst einen Monat her war, würde sie nicht viele durchsehen müssen.

Der Artikel überraschte sie, zuerst wegen der großen Länge, dann wegen der Entdeckung, daß er für seine Reisebücher sehr bekannt, wenn nicht gar berühmt war. Sie fand auch heraus, daß seine Eltern tot waren und daß er eine Schwester hatte, die im Westen lebte. Aber nichts überraschte sie so sehr wie die Umstände seines Todes. Anfangs dachte sie, es müsse sich um einen Scherz, um irgendeine Art von schwarzem Humor handeln: Er war im Dschungel von einem Jaguar zerfleischt worden. Das allein war schon schwer zu fassen und ließ sie schnell einen tiefen Atemzug tun, als sie den erstickenden Schmerz wieder in sich aufsteigen fühlte. Aber der Rest war schier unglaublich. Sie erinnerte sich, daß er einmal über einen Kaktus gesprochen hatte, der, wenn man ihn aufschnitt, das Fruchtfleisch entfernte und es aß, jene Art von Halluzinationen hervorrief, über die Castaneda geschrieben hatte. Es war nicht Peyotl, es war etwas anderes.

» ... Denn so entsetzlich es auch gewesen sein muß, vielleicht war er schon tot, als der Jaguar ihn anfiel, denn der Pathologe fand Spuren von Strychnin in seinem Blut. Die Polizei vermutet, daß er das Fleisch des San-Pedro-Kaktus gegessen hatte, das Halluzinationen hervorruft, und sich nicht dessen bewußt war, daß ein Teil dieses Kaktus Strychnin enthält ...«

Sie sah auf, blickte über die Wellen der Bücher in den Regalen, sie sah sie kippen und fühlte sich seekrank.

Strychnin. Halluzinationen. Jaguar.

Und das *ihm*?

22

Wovon sie aber nicht wußten – die Reporter, die Assistentin des Lektors, der Lektor selbst und was möglicherweise außer ihr überhaupt niemandem bewußt war –, war die schreckliche Ironie der Geschichte.

Wenn sie nicht so niedergeschlagen gewesen wäre, hätte sie gelacht, sich wirklich krankgelacht. Und zwar über den Hergang seines Todes, über das entsetzliche Melodram im Hollywoodstil, woran das Ganze erinnerte. Diese passende Schlußszene, mit der er sein Ende fand: So hätte man es im Film gemacht. Nun, genauso machten es doch auch die Leute in seinem Verlag – oder? In einem Interview mit seinem Verleger hatte dieser gesagt: *»Ein passender Tod für einen Mann, der in gewisser Hinsicht lebte, um zu reisen.«*

Er, der das Reisen haßte! Das aber nicht zugab oder nicht einsah. Er, der diese Reisen zu jenen einsamen und verlorenen Gegenden auf dem Globus unternahm, die für Menschen wie sie so weit entfernt waren, daß sie noch nicht einmal davon träumen konnten. Und er hätte Geschichten erzählen können, die ihn zu einer Scheherazade gemacht hätten (was er für seine Leser vielleicht auch war). Doch er blieb von diesen Gegenden unberührt. Er war jungfräulich, unverfälscht von diesen Reisen zurückgekehrt – blieb unerfüllt. Reisen langweilte ihn. Wäre es ihm möglich gewesen, ihr auf seine Art von seinem Sterben zu erzählen, hätte er es vermutlich eine »seltsame, unbedeutende Begleiterscheinung« genannt.

Reisen langweilte ihn, und dennoch hielt ihn das Gelangweiltsein nicht vom Schreiben ab. Es war, als hätte an diesem Punkt ein anderer Teil seines Selbst die Zügel übernommen und über das geschrieben, was er gesehen hatte, als hätte er auf diesen Reisen immer eine Muse an seiner Seite gehabt, die alles erstaunlich, erfreulich und umwerfend gefunden hatte. Für ihn jedoch, für sein wahres Selbst, war es eher wie ein Spaziergang um den Häuserblock: Simbabwe. Puligny-Montrachet. Odessa. Aix-en-Provence. Der Amazonas. Es bestand kaum ein Unterschied zwischen ihnen, abgesehen vielleicht vom Wein.

Für ihn war das alles nicht so interessant gewesen wie die Mittagessen mit ihr. Sie war überrascht, wie sicher sie sich dessen war. Diese Gewißheit versöhnte sie mit dem schrecklichen Gefühl, von seinem Tod nichts gewußt zu haben.

Spätnachmittag. Nach der Bibliothek war sie ins Bahnhofscafé gegangen, um dort einen Kaffee zu trinken. Eigentlich mehr, um sich hinzusetzen. Sie konnte nichts essen, nicht einmal das Omelette des Kochs. Es war ungewöhnlich, daß sie zu dieser Tageszeit hier war. Der Bahnhofsvorsteher kündigte den Vier-Uhr-Fünfziger an. Die Kellnerin und der Koch standen wie gewöhnlich am Ende der Theke nebeneinander und rauchten.

»Vielleicht ist es typisch, daß sein Tod so dramatisch war wie sein Leben.«

So hieß es in einem ausführlichen Nachruf über ihn, womit das wiederholt wurde, was der Verleger gesagt hatte. Sie hielt sich eine Papierserviette an den Mund. Ihre Schultern hoben sich, und sie mußte gleichzeitig lachen und weinen. Das Geräusch zerriß die Stille in dem Café, als würde eine Fensterscheibe zerschmettert.

Der Kopf der Kellnerin fuhr herum, und sie sah zu ihr hinüber; wie erstarrt hielt der Koch die Zigarette in die Höhe. Wie auf Befehl setzten sich beide in Bewegung, sie in Richtung der Kaffeekannen, er in Richtung Küche. Er ging hinein und kam sofort mit einem Glas und einer Flasche wieder heraus. Es war Brandy, und er goß ein wenig davon in das Glas und stellte es vor sie hin, während die Kellnerin ihre leere Tasse auffüllte.

Die Fürsorge der beiden veranlaßte sie zu sagen: »Mein Freund ist gestorben.« Und das war natürlich wahr, aber nur die rein äußerliche Wahrheit.

Dennoch mußte es solche einfachen Aussagen wie diese geben, damit alle überleben konnten, nicht wahr? Es mußte einen universellen Code geben, den jeder knacken, den jeder verstehen konnte, gleichgültig, wieviel von der Komplexität der Gefühle dabei weggelassen wurde, wieviel Nuancen dabei verlorengingen und daß nichts von dem Gefühl der düsteren, spinnwebenverhangenen Atmosphäre übrigblieb, das diese Freundschaft ausgezeichnet hatte.

Sie sagte: »Ich dachte, er sei ... immun.« Und weinte wieder.

Der Koch legte ihr die Hand auf die Schulter. Die Kellnerin beugte sich hinunter, um ihr eine Serviette als Taschentuch anzubieten.

Immun. Wie der schöne Knabe im *Tod von Venedig,* der von der Seuche unberührt blieb, während Aschenbach dasaß und am sonnenflirrenden Meer seinen schrecklichen Tod starb.